ALEGRIA
para ensinar e transformar
VIDAS

CARO LEITOR,
Queremos saber sua opinião sobre nossos livros.
Após a leitura, siga-nos no **linkedin.com/company/editora-gente**,
no TikTok **@editoragente** e no Instagram **@editoragente** e
visite-nos no site **www.editoragente.com.br**.
Cadastre-se e contribua com sugestões, críticas ou elogios.

Boa leitura!

ERIK PENNA

ALEGRIA
para ensinar e transformar
VIDAS

Como criar aulas interessantes, interativas e inesquecíveis para engajar seus alunos e potencializar o processo ensino-aprendizagem

Diretora
Rosely Boschini

Gerente Editorial Sênior
Rosângela de Araujo Pinheiro Barbosa

Editora Júnior
Rafaella Carrilho

Assistente Editorial
Fernanda Costa

Produção Gráfica
Fábio Esteves

Edição de texto
Gleice Couto

Preparação
Algo Novo Editorial

Capa
Miriam Lerner | Equatorium Design

Projeto gráfico e diagramação
Vivian Oliveira

Revisão
Carlos César da Silva
Wélida Muniz

Impressão
Edições Loyola

Copyright © 2024 by Erik Penna
Todos os direitos desta edição
são reservados à Editora Gente.
Rua Natingui, 379 – Vila Madalena
São Paulo, SP – CEP 05443-000
Telefone: (11) 3670-2500
Site: www.editoragente.com.br
E-mail: gente@editoragente.com.br

Dados Internacionais de Catalogação na Publicação (CIP)
Angélica Ilacqua CRB-8/7057

Penna, Erik
   Alegria para ensinar e transformar vidas : como criar aulas interessantes, interativas e inesquecíveis para engajar seus alunos e potencializar o processo ensino-aprendizagem / Erik Penna. - São Paulo : Editora Gente, 2024.
   160 p.

   ISBN 978-65-5544-450-6

   1. Desenvolvimento profissional 2. Educação 3. Professores I. Título

24-0473   CDD 658.3

Índice para catálogo sistemático
1. Desenvolvimento profissional

NOTA DA PUBLISHER

Você se lembra do dia em que decidiu se tornar professor(a)? Talvez tenha sido por ter uma referência marcante, uma experiência positiva, uma aula inesquecível... Provavelmente foi impulsionado(a) por paixão, propósito e a vontade genuína de fazer a diferença na vida de seus alunos. Mas essa motivação costuma durar pouco, porque a dura realidade da sala de aula logo aparece, traduzida em cobrança excessiva, falta de reconhecimento, alunos desinteressados, salas superlotadas e pouca – ou nenhuma – estrutura.

Infelizmente, essa é a realidade da educação no Brasil. Mas, por sorte, podemos contar com pessoas inconformadas e determinadas a mudar este cenário, como é o caso do palestrante e autor best-seller Erik Penna. Depois de questionar o que desmotivava professores que estavam perdendo a paixão por ensinar e entregando-se a uma frustração diária, Erik desenvolveu uma metodologia capaz de reverter esse cenário e recuperar o propósito de transformar vidas.

Em *Alegria para ensinar e transformar vidas*, o autor apresenta o que faltava para tornar a prática pedagógica mais motivadora, alegre e produtiva. Por meio das aulas 3is – interessantes, interativas e inesquecíveis –, ele promete recuperar a conexão entre professores e alunos, fazer do aluno o verdadeiro protagonista de seu aprendizado e devolver o brilho transformador de uma boa aula. Todos nós temos a memória de uma aula ou um professor que mudou a nossa vida e influenciou toda a nossa trajetória, e o que o Erik apresenta aqui, tenho certeza, levará você a ser esse(a) professor(a) na vida de seus alunos.

Este livro é um convite para redescobrir a alegria de ensinar e, ao mesmo tempo, transformar vidas. Aproveite!

Rosely Boschini
CEO e Publisher da Editora Gente

À minha esposa, Fabiana, fonte de inspiração e de amor incondicionais. Seu apoio constante e seu sorriso iluminam cada página da minha vida.

Às minhas queridas filhas, Mariana e Juliana, que são a razão pela qual este livro ganha vida. Cada palavra escrita é um tributo ao amor e à alegria que vocês trouxeram aos meus dias.

Que estas páginas sirvam como uma lembrança de como eu as amo e do quanto sou grato por ter uma família tão incrível.

Vocês são a história mais bonita que já tive a honra de contar.

Com amor eterno,
Erik Penna

AGRADECIMENTOS

Quero expressar meus sinceros e mais profundos agradecimentos a todos que tornaram possível a realização deste livro.

A Deus, agradeço pela dádiva da saúde que permitiu a concretização deste projeto e pela oportunidade de compartilhar ideias e experiências.

À minha amada família, expresso minha eterna gratidão pela compreensão constante e pelo apoio incansável. Vocês são o alicerce que sustenta cada palavra escrita.

Aos professores que passaram pela minha vida, meu mais sincero reconhecimento. Vocês não apenas me ensinaram, mas transformaram minha trajetória, moldando-me como indivíduo.

A Rosely Boschini, Rafaella Carrilho e toda a dedicada equipe da Editora Gente, agradeço pelo trabalho incansável e pela linda missão de contribuir para o desenvolvimento humano. Vocês são os arquitetos que deram forma a este sonho.

Ao grande amigo e empreendedor Carlos Chaer, meu profundo agradecimento pelo companheirismo, o apoio, a lealdade e a motivação nos momentos mais desafiadores. Sua presença foi luz nos dias sombrios.

Ao psicólogo, escritor e companheiro de palco Rossandro Klinjey, agradeço pela parceria valiosa e pelo carinhoso prefácio. Sua contribuição tornou este livro ainda mais especial.

E a você, estimado leitor, registro minha mais sincera gratidão. Você é a razão fundamental por trás deste trabalho, e é para você que estas palavras são dedicadas. Espero que este livro traga valor e inspiração para a sua jornada.

SUMÁRIO

prefácio
DE ROSSANDRO KLINJEY — 12

mensagem especial — 16

introdução — 18

capítulo 1
EDUCAÇÃO: UMA JORNADA REPLETA DE DESAFIOS — 22

capítulo 2
O COTIDIANO ESCOLAR — 40

capítulo 3
UMA REVOLUÇÃO
NA FORMA DE ENSINAR   **54**

capítulo 4
AULA INTERESSANTE   **74**

capítulo 5
AULA INTERATIVA   **94**

capítulo 6
AULA INESQUECÍVEL   **120**

capítulo 7
PROFESSORES
DE BEM COM A VIDA   **136**

capítulo 8
UMA JORNADA FELIZ   **148**

leituras complementares   **157**

prefácio

Em um mundo onde o saber é a bússola que nos orienta, e a ignorância é o abismo que nos desvia, a educação emerge como o farol que ilumina nosso caminho. Sócrates, com sua sabedoria atemporal, nos lembra de um princípio fundamental: "Existe apenas um bem, o saber, e apenas um mal, a ignorância".[1] Essa máxima ecoa através dos séculos, ressaltando a educação como uma jornada que nos equipa não só com conhecimentos, mas também com as ferramentas críticas para navegar pela complexidade de nosso mundo.

Neste cenário multifacetado, a educação transcende a mera transmissão de saberes; ela nos convoca a sermos espelho dos valores que aspiramos incutir nos corações e mentes que se abrem diante de nós. É aqui que Erik Penna, com sua abordagem empática e conciliadora, emerge como um farol. Suas vivências e ensinamentos, que permeiam cada página

---

[1] SÓCRATES. Existe apenas um bem, o saber, e apenas... Sócrates. **Pensador**. Disponível em: https://www.pensador.com/fraseMTIwMzI/. Acesso em: 6 fev. 2024.

deste livro, são um testemunho de sua jornada não apenas como educador, mas como um ser humano profundamente conectado com a essência da inteligência emocional.

Lembro-me de um encontro inspirador que tive com Ruby Tan Yok Ching, diretora de Excelência Pedagógica do Ministério da Educação de Singapura, durante um congresso sobre educação. Conversando com ela sobre o modelo educacional singapuriano, ficou claro para mim a importância que eles atribuem à colaboração e à capacitação contínua dos professores. Nesse mesmo espírito, o livro de Erik Penna se revela como uma ode à cooperação e ao aprimoramento no universo educacional.

Diante dos desafios imensos e da complexidade da educação em nosso país, este livro oferece insights preciosos e soluções práticas. Mais do que isso, Erik nos convida a olhar para além dos obstáculos, sem cair na armadilha de soluções simplistas ou críticas infundadas. Sua voz é um sussurro de solidariedade e compaixão, um chamado para criar um ambiente educacional acolhedor e eficaz para todos.

Este é um convite para você, leitor, mergulhar nas páginas desta obra e se deixar guiar pelas reflexões e práticas propostas por Erik. Ao fazê-lo, você dá um passo crucial não apenas para enfrentar, mas para transformar os desafios da educação em nosso país. Afinal, como nos lembra Nelson Mandela, "A educação é a arma mais poderosa que você pode usar para mudar o mundo".[2]

Investir em conhecimento é a aposta mais segura para um futuro luminoso. Nós, que fazemos parte da educação, reconhecemos o valor inestimável dela, bem como a necessidade de uma formação adequada para nossas crianças e jovens, como uma de suas mais altas prioridades.

---

2 MANDELA, N. A educação é a arma mais poderosa que... Nelson Mandela. **Pensador**. Disponível em: https://www.pensador.com/frase/MjM3NjU1/. Acesso em: 6 fev. 2024.

Os indivíduos que estão sempre buscando expandir seus horizontes, nunca satisfeitos com o que já sabem e sempre ansiosos por aprimorar suas habilidades, são os verdadeiros construtores de seu próprio sucesso. A educação contínua representa o terreno fértil no qual as sementes da excelência são plantadas.

Este livro transcende a mera experiência de leitura; ele representa um convite para embarcar em uma jornada enriquecedora de autoinvestimento e descoberta contínua. Ao virar cada página, somos convidados a nos juntar a Erik Penna em sua missão não apenas de educar, mas de inspirar uma "alegria para ensinar e transformar vidas". Esta obra é uma reverência à capacidade transformadora do ensino, uma celebração do impacto que um educador apaixonado pode ter sobre o mundo.

Rossandro Klinjey,
psicólogo, escritor e palestrante.

Investir em conhecimento é a aposta mais segura para um futuro luminoso.

mensagem especial

Uma mensagem especial aos pais, os primeiros educadores

A vida de um filho é como um jogo de três gols; três bases que vão nortear a caminhada dele: a família, os amigos e a religião.

Você faz um a zero quando cultiva os momentos em família. Levá-lo e buscá-lo na escola, as refeições conjuntas, uma conversa olho no olho, um tempo de qualidade que cria laços.

Outro aspecto sobre o qual os pais têm controle, principalmente na tenra idade, é a base religiosa. É fundamental, desde cedo, dar o exemplo, cultivar o hábito de agradecer, buscar a fé e mantê-la no centro das decisões, independentemente da religião escolhida. Persista nesse pilar.

Quando essa base não é sólida, pode acontecer um gol inesperado, aí o jogo fica empatado em um

introdução

Alegria para ensinar e transformar vidas é mais do que um livro; é um guia que mergulha na essência comportamental e técnica da prática pedagógica, oferecendo exemplos aplicáveis, narrativas inspiradoras, frases impactantes e dicas para uma abordagem criativa e eficaz no processo ensino-aprendizagem.

Estudar a prática pedagógica no Brasil é adentrar em um universo vasto e complexo. Só a Educação Básica – que engloba a Educação Infantil, o Ensino Fundamental e o Ensino Médio – tem cerca de 180 mil escolas, 2 milhões de professores e 48 milhões de alunos, uma magnitude inegável. E as dificuldades se amplificam diante da infraestrutura precária em muitas escolas, da formação profissional insuficiente e da baixa remuneração dos docentes.[5]

Realmente, a rotina educacional não é fácil, mas cheia de agruras, e uma frase de Leon Tolstói talvez

---

[5] REFLEXÃO sobre o cenário educacional do Brasil. **Monitor Mercantil**, 24 nov. 2022. Disponível em: https://monitormercantil.com.br/reflexao-sobre-o-cenario-educacional-do-brasil/. Acesso em: 3 jan. 2024.

a um. Dessa maneira, o gol decisivo fica nas mãos de terceiros. Percebe o perigo?

A terceira base é justamente a amizade, e sobre esse pilar os pais não têm total controle. Às vezes, aparece um amigo torto, um namorado equivocado, um convite inadequado e, de repente, se perde o jogo por dois a um.

Repare: foi um descuido, um pilar malcuidado e, pronto, um destino indesejado é traçado. Assim, pai e mãe, não troquem sua presença por presentes.

Como já diria Padre Zezinho: "Há tantos filhos que, bem mais do que um palácio, gostariam de um abraço e do carinho entre seus pais".[3] Uma frase genial do professor Gabriel Chalita afirma que: "por melhor que seja uma escola, ela nunca preencherá a lacuna de uma família ausente".[4]

De fato, em muitos lares, é possível encontrar vários celulares, mas poucos pais e mães que leem livros e contam histórias para os filhos.

Mas você estar aqui, lendo esta obra, já é um indício de que está no caminho certo.

---

3 UTOPIA. Intérprete: Padre Zezinho. *In*: SUCESSOS de sempre, 2003.
4 CHALITA, G. **Aos mestres com carinho**. São Paulo: Gente, 2016. p. 108.

explique a desistência de muitos docentes: "**Há quem passe pelo bosque e só veja lenha para a fogueira**".⁶ Mas qual seria o caminho então? Abandonar essa missão? Bem, há uma frase do Walt Disney que diz: "A diferença de ganhar e perder, na maioria das vezes, é não desistir".⁷

É notável perceber que, mesmo nesse cenário desafiador, há educadores que se destacam, transcendendo as adversidades e inspirando não só alunos, mas sonhos e futuros. Desde minha primeira aula, em 2003, tenho viajado pelo Brasil, compartilhando lições e histórias de professores extraordinários em mais de 1,5 mil palestras. Essa jornada foi minha fonte de aprendizado, oferecendo insights, relatos incríveis, técnicas e comportamentos que agora apresento neste livro.

A verdadeira essência da educação não reside apenas no ato de ensinar, mas na efetividade da aprendizagem. Há, no Brasil, escolas construídas no século XIX, professores nascidos no século XX e alunos do século XXI, e a forma de ensinar precisa se adaptar a essa dinâmica. Para isso, deve-se buscar aulas 3is: **interessantes** (ensinando com exemplos práticos, atuando com poder de síntese e destacando para os alunos o assunto mais relevante de cada aula); **interativas** (na qual o aluno pode ser protagonista, não apenas um ouvinte, afinal, quando os olhos param é que a aprendizagem começa); **inesquecíveis** (com um conteúdo humanizado, com histórias inspiradoras e que valorize o que mais importa: as pessoas). É nessa atmosfera que o conhecimento e a alegria se encontram. E nós vamos passar por cada um desses pontos, sempre pavimentados por números e vivências

---

6 CHALITA, G. *op. cit.* p. 109.

7 DISNEY, W. A diferença entre ganhar e perder é... Walt Disney. **Pensador**. Disponível em: https://www.pensador.com/frase/MTU1MjcOMA/. Acesso em: 29 jan. 2024.

diversas e reais, pesquisas e *cases*, para que possamos alcançar nosso objetivo com segurança teórica e prática.

É válido lembrar que um grande professor não é aquele que detém mais conhecimento, mas, sim, o que melhor ensina. Algumas escolas transbordam conteúdo, porém falham na acolhida ou carecem de sorrisos, transformando livros e apostilas em ambientes sisudos e sem alegria. É crucial nutrir e valorizar aqueles que cuidam dos alunos, resgatando o olhar atento em meio à pressa do cotidiano escolar.

Este livro é um convite para uma jornada inspiradora, repleta de histórias tocantes, frases memoráveis e dicas práticas. Estas páginas visam capacitar você, educador, a conduzir aulas cada vez mais cativantes. Vamos analisar dados, iluminar a mente com outras experiências, mudar o nosso modo de olhar o processo ensino-aprendizagem. O propósito é claro: reavivar a chama na profissão que é a base de todas as outras, recordando que o educador que dá o seu melhor, mesmo diante de tantas barreiras, é um grande vencedor. E esse caminho é recompensador, afinal, o professor transformador, que deixa seu legado, nunca morre; ele ecoa na eternidade e vive para sempre no coração de tantos alunos!

O professor transformador, que deixa seu legado, nunca morre; ele ecoa na eternidade e vive para sempre no coração de tantos alunos!

@erikpennapalestrante

capítulo 1
Educação: uma jornada repleta de desafios

A professora extraordinária

Uma garotinha era extremamente apegada à mãe, não gostava de se separar dela quando estava na sala de aula. De tanto ver a filha chorando ao ficar na escola, o pai resolveu tentar algo diferente. Ele não sabia direito o que faria nem o que aconteceria, mas saiu de casa naquele dia com a esperança de que tudo daria certo.

Ao chegar à escola, acompanhou a filha até o corredor, onde tinha uma escada que dava acesso às salas de aula. Antes mesmo de subir o primeiro degrau, a filha começou a chorar. A escola estava cheia; o pai percebeu professores chegando, alunos correndo e o sinal tocando. Passava muita gente, mas pai e filha pareciam invisíveis ali. Ao ver aquele vai e vem agitado e a filha triste e aflita, bateu um desespero no pai.

Aquela escola era excelente, mas ninguém surgiu para ajudar. De fato, na correria, às vezes tem gente que olha, mas não vê. Então, depois de olhar de um lado para o outro, para cima e para a filha, uma lágrima escorreu pelo rosto do pai, que não sabia como agir. Foi quando uma professora entrou em cena.

Ela sorriu e lhes deu um "bom dia", que foi seguido por um abraço no pai e na menina. Com voz meiga, que transbordava calma e segurança, falou: "Pode confiar, me dê a sua mão e suba comigo. Vou estar ao seu lado até a hora que seu pai voltar para te buscar. Nós vamos estudar, conhecer novos amiguinhos e brincar muito. Vem, vamos juntas curtir esse dia!". A garota, então, parou de chorar, sorriu e subiu as escadas de mãos dadas com a professora, sem nem olhar para trás.

Às vezes, o que o aluno mais precisa não é de uma apostila, tampouco de um conteúdo técnico, basta apenas uma "mão". Aliás, tem dias que o apoio da professora ensina mais do que qualquer conteúdo.

Em poucas semanas, aconteceu uma grande transformação na vida daquela aluna: antes tímida, sem conversar com os amiguinhos nem dar um sorriso sequer, hoje ela é uma das lideranças da sala, une os colegas, brinca, aprende e tira ótimas notas. Uma evolução incrível que começou naquela escada com a mão amiga e acolhedora da educadora.

Por vezes, essa professora percebe o assunto maçante do conteúdo, pausa uma aula cansativa, conta uma história, propõe um jogo, uma dança ou apresentação musical com os alunos, e, no dia seguinte, dá continuidade à matéria com alegria.

Parece magia, mas é carinho, é propósito, é paixão e amor pelo que se faz!

Esse tipo de profissional nunca transforma um probleminha em um problemão. Ele ensina, mas também diverte, entretém e enfrenta as adversidades escolares com maestria, fazendo tudo parecer mais leve e fácil na trajetória docente.

O saudoso Rubem Alves tem uma frase que espelha bem atitudes como essa: "Os educadores, antes de serem especialistas em ferramentas do saber, deveriam ser especialistas em amor:

Parece magia,
mas é carinho,
é propósito,
é paixão e amor
pelo que se faz!

@erikpennapalestrante

intérpretes de sonhos".[8] A verdade é que o ambiente escolar deve ser um lugar no qual o conhecimento caminha com a alegria.

Sabe quem é o pai dessa história que contei? Sou eu, e a aluna é minha filha, Juliana. A professora, Daniele, é a educadora genial e extraordinária por trás desse relato, que supera com leveza os desafios da sala de aula e transforma a vida de tanta gente. Para essas profissionais da arte de ensinar e inspirar, meu respeito, carinho e gigantesca admiração!

Mas, infelizmente, percorrendo o Brasil com os eventos educacionais, percebo que há escolas com muito conteúdo e pouca alegria, aulas com muitas páginas e nenhum sorriso.

E este livro é voltado para profissionais da educação que, como a Dani, dão o seu melhor a cada dia. E que em vez de focarem as dificuldades ou o cenário desafiador do ensino brasileiro, optam por não ficar reclamando e preferem buscar, a cada dia, uma maneira de aperfeiçoar sua atuação técnica e comportamental.

Chegando à escola

Em 2003, entrei em uma escola para dar aula e, naquele dia, um professor me disse algumas palavras das quais vou me lembrar por toda a vida. Ele me viu entrando com um laptop em mãos, uma caixinha de som e alguns cabos de áudio, foi até mim e perguntou: "Você é novo aqui, professor? Esses apetrechos aí são seus ou da escola?".

Eu me apresentei, disse que era novo ali e, com bom humor, respondi que aquele equipamento era quase meu, afinal havia parcelado em dezoito pagamentos e ainda faltavam algumas parcelas.

---

[8] ALVES, R. **A alegria de ensinar**. Campinas: Papirus, 2012.

O ambiente escolar deve ser um lugar no qual o conhecimento caminha com a alegria.

@erikpennapalestrante

Ele deu um sorriso amarelo e falou algo que nunca mais saiu da minha mente: "Erik, não sei por que você trouxe essas coisas para a escola, afinal, aqui a estrutura é inadequada, as salas estão lotadas e, independentemente se der a melhor ou a pior aula, vai ganhar a mesma coisa".

Eu escutei, respirei fundo e respondi: "Professor, se vamos ganhar a mesma quantia por hora-aula, que tal entregarmos a melhor aula, já que tem gente que escolhe entregar a pior?".

Aquele professor fechou a cara e nunca mais falou comigo.

Meu objetivo não era dar uma lição de moral – longe disso. Sinceramente, respondi daquela maneira porque lembrei que mais da metade da vida acordada de um professor é no trabalho, portanto, é fundamental escolher atuar de uma maneira que agrade ao aluno e, ainda, que alegre o docente.

Essa situação me lembrou de uma formação que fiz sobre engajamento de colaboradores no Instituto Disney, em Orlando, nos Estados Unidos. Lá, vi um quadro na parede com a seguinte frase da Mary Poppins: "Encontre a diversão, e o trabalho terminará".

Cenário desafiador da educação no Brasil

Uma nação realmente desenvolvida preza e valoriza a profissão que forma todas as outras. É fundamental reconhecer essa atividade profissional que tanto impacta a vida das pessoas. É pelo caminho da educação que um país cresce e desenvolve cidadãos melhores.

A educação no Brasil é realmente desafiadora. Os números são gigantes. O país tem cerca de 178 mil escolas de Educação Básica – que incluem desde a Educação Infantil até o Ensino Médio –, 2,2 milhões de docentes espalhados pelo país e 47,9 milhões de alunos na Educação Básica – destes, 38,7 milhões estão matriculados na rede pública de ensino. Esse número total de estudantes representa 22,8% da população brasileira e equivale a seiscentos "Maracanãs" lotados, foi o que revelou o Censo Escolar de 2020, realizado pelo Instituto Nacional de Estudos e Pesquisas Educacionais Anísio Teixeira (INEP).[9]

Os obstáculos para um ensino de excelência são igualmente grandes. Algumas construções escolares são do século XIX, muitos professores são do século XX e a maioria dos alunos é do século XXI – e esse é mais um dos desafios a ser superado no ambiente escolar para que o processo ensino-aprendizagem seja plenamente efetivo.

Para você ter uma ideia de como a educação no Brasil está quando comparada à de outras nações, apresento informações de um estudo do IMD World Competitiveness Center sobre a prosperidade e a competitividade de 64 locais. A pesquisa analisou como está o ambiente econômico e social do país para gerar inovação e se destacar no cenário global. No eixo da educação, o Brasil teve a pior avaliação, ficando em último lugar entre as nações verificadas. Entre outros fatores, o resultado nesse quesito se explica pelo mau desempenho do país no que diz respeito aos gastos público totais em educação. Segundo o estudo, quando avaliado em termos per capita, o mundo investe em média 6.873 dólares por estudante anualmente, enquanto o Brasil aplica apenas 2.110 dólares.[10]

---

[9] REFLEXÃO sobre o cenário educacional do Brasil. **Monitor Mercantil**, 24 nov. 2022. Disponível em: https://monitormercantil.com.br/reflexao-sobre-o-cenario-educacional-do-brasil/. Acesso em: 3 jan. 2024.

[10] EDUCAÇÃO brasileira está em último lugar em ranking de competitividade. **Jornal do Dia**, 17 jun. 2021. Disponível em: http://www.jdia.com.br/ver_noticia.php?noticia_id=12797. Acesso em: 4 jan. 2024.

Há escolas com muito conteúdo e pouca alegria, aulas com muitas páginas e nenhum sorriso.

@erikpennapalestrante

Perceba o tamanho do desafio: o Programa Internacional de Avaliação de Estudantes (PISA), uma classificação internacional da OCDE, evidenciou uma situação difícil para jovens de 15 a 16 anos. O levantamento feito em 2018 apontou que 68,1% dos estudantes brasileiros com 15 anos não possuem nível básico de Matemática, o mínimo para o exercício pleno da cidadania. Em Ciências, o índice chega a 55% e, em Leitura, 50%. Os números estão estagnados desde 2009.[11, 12, 13]

E não paramos por aqui. É possível listar várias outras adversidades que influenciam negativamente a prática pedagógica cotidiana.

Infraestrutura inadequada em diversas escolas

No Ensino Fundamental, apenas 31,4% das escolas municipais têm quadras de esporte. Quando o assunto é laboratório de ciências, despencamos para 3,6%. Apenas 37,5% das escolas municipais têm banheiro para pessoas com deficiência (PcD), e somente 2,9% têm sala multiuso. Nas escolas estaduais, só 12,7% delas possuem parque infantil para os anos iniciais.[14]

---

[11] COMO está a nossa educação básica? **Fundação Lemman**, 19 nov. 2020. Disponível em: https://fundacaolemann.org.br/noticias/como-esta-a-nossa-educacao-basica. Acesso em: 4 jan. 2024.

[12] BRUINI, E. C. Educação no Brasil. **Brasil Escola**, 19 nov. 2020. Disponível em: https://brasilescola.uol.com.br/educacao/educacao-no-brasil.htm. Acesso em: 4 jan. 2024.

[13] ALONSO, P. Reflexão sobre o cenário educacional do Brasil. **Monitor Mercantil**, 24 nov. 2022. Disponível em: https://monitormercantil.com.br/reflexao-sobre-o-cenario-educacional-do-brasil. Acesso em: 4 jan. 2024.

[14] COMO está a nossa educação básica? *op. cit.*

Formação profissional insuficiente

Uma parte significativa dos profissionais leciona disciplinas sem ter a formação adequada ao currículo exigido pela aula. Nos anos finais do Ensino Fundamental, somente 57% dos professores de Matemática são formados na área. Entre os professores de Artes, o número cai para 37%.[15]

Pouco investimento e baixa remuneração para os docentes

O investimento público em educação no Brasil é relativamente baixo. Em 2022, o relatório realizado pelo Instituto Nacional de Estudos e Pesquisas Educacionais Anísio Teixeira (Inep) apontou que o investimento brasileiro em educação chegava a 5,5% do PIB, e o investimento público em educação pública, a 5% do PIB, bem distantes das metas estabelecidas no Plano Nacional de Educação-PNE e abaixo da média dos países da Organização para a Cooperação e Desenvolvimento Econômico (OCDE).[16]

A média salarial dos professores brasileiros em todas as etapas da Educação Básica é mais baixa do que a de outros países da organização. Enquanto o rendimento médio anual dos docentes brasileiros do Ensino Fundamental é de cerca de 25,3 mil dólares por ano, o valor correspondente nos outros países é de cerca de 45,6 mil dólares anuais.[17]

---

[15] COMO está a nossa educação básica? *op. cit.*

[16] BRASIL investe menos em educação que países da OCDE. **Agência Brasil**. Disponível em: https://agenciabrasil.ebc.com.br/educacao/noticia/2023-09/brasil-investe-menos-em-educacao-que-paises-da-ocde. Acesso em: 15 fev. 2024.

[17] QUEIROZ, C. Educação em números. **Pesquisa FAPESP**, 26 set. 2021. Disponível em: https://revistapesquisa.fapesp.br/educacao-em-numeros/. Acesso em: 3 jan. 2024.

As consequências desse cenário complicado podem ser vistas com certa frequência em escolas e municípios pelo Brasil: professores desmotivados, alunos desinteressados, aprendizagem não efetiva, índices educacionais em baixa e evasão escolar.

De fato, o panorama atual da educação no nosso país está longe do ideal. A estrutura e a remuneração deveriam ser melhores e a formação dos docentes se mostra insuficiente. É fácil concordar com todos esses aspectos negativos, certo? No entanto, há uma questão importante a ser considerada: qual seria o caminho? Desistir ou, enquanto busca melhores condições, seguir entregando o seu melhor a cada dia na escola?

Sabemos que problemas e desafios existem em qualquer profissão, mas os grandes profissionais da educação continuam fazendo o que amam mesmo diante de tantas dificuldades – sem deixar de lutar pelas melhorias necessárias. O que precisamos é trabalhar para minimizar as adversidades existentes e maximizar as oportunidades para, assim, propiciar uma jornada mais alegre, produtiva e realizadora aos profissionais da educação, e uma caminhada mais interessante e estimulante para os alunos.

É justo e merecido buscar melhorias na carreira do professor. Também é digno tentar outra ocupação profissional caso esteja infeliz ou insatisfeito. Mas, enquanto está aqui neste barco, aproveite a jornada, realize com destreza o seu trabalho, faça da sua atividade uma navegação virtuosa e feliz. Lembre-se: onde você foca faz toda a diferença.

O que você foca expande!

Certa vez, encontrei um colega que trabalhava como motorista em uma empresa de transporte de cargas. Perguntei como estava

É pelo caminho
da educação
que um país cresce
e desenvolve
cidadãos melhores.

@erikpennapalestrante

a vida, e ele me respondeu que andava desmotivado. Reclamou do excesso de trabalho, das viagens intensas e disse que não estava feliz, pois, naquele período, quase não tinha tempo para aproveitar a convivência com a família e não conseguia curtir momentos especiais ao lado do único filho.

Veja que curioso: seis meses depois, reencontrei esse colega e ele me disse que continuava bem desmotivado. Seu ganho mensal diminuíra bastante, afinal, ganhava comissão sobre cada trajeto que fazia e, devido à crise econômica, o número de viagens havia caído – tinha dias que nem saía de casa.

Onde está a lupa dessa pessoa? No negativo, na ausência, no problema e, por isso, nas duas ocasiões ele me respondeu que estava desmotivado.

Vamos às mesmas situações com outros olhos, agora com uma energia mais positiva.

Na primeira situação, uma pessoa otimista poderia responder que estava feliz e motivada com o trabalho intenso, pois isso lhe proporcionaria uma grana extra para fazer uma reserva financeira e comprar um produto que sempre desejou.

No segundo caso, esse meu colega poderia responder que estava feliz e motivado, pois, apesar do volume de viagens ter diminuído consideravelmente, estava aproveitado o tempo livre em casa para curtir intensamente cada momento com a esposa e o filho. Inclusive, poderia me contar que estava se beneficiando desse período para fazer programas incomuns, como passear no parque e ir ao cinema com a família, já que havia muito tempo não faziam isso juntos.

Note que a situação foi a mesma nos dois casos e, em ambos, ele afirmou estar desmotivado e infeliz, sendo que, com um olhar positivo, ele poderia aproveitar a parte boa de cada fase que vivenciava.

Percebe que a questão está em onde colocamos a lupa da nossa vida, se enfatizamos o que temos ou o que nos falta? Isso me fez lembrar do livro *Picos e vales*, de Spencer Johnson, o qual trata dos altos e baixos da vida. Ele sintetiza essa reflexão em uma frase: "Picos são os momentos em que você valoriza o que tem. Vales são os momentos em que você sente falta do que não tem".[18]

A grande sacada, então, é aproveitar cada momento para ser feliz, até porque a felicidade não está no lugar aonde chegamos, mas, sim, no caminho que percorremos.

Eu mesmo, quando sigo de uma palestra para outra, deixo esposa e filhas em casa e fico sozinho nos aeroportos esperando horas e horas por voos e conexões. Em vez de ficar reclamando do salão de embarque lotado, das longas filas ou da espera pela chamada do meu voo, prefiro tornar esses momentos produtivos. Aproveito para ler o jornal do dia, acessar a internet, ler um bom livro, atualizar alguns slides da minha apresentação ou ainda escrever um texto (como este livro!). Portanto, antes de reclamar, pare e pense: *Será que eu poderia aproveitar este tempo para vivenciar algo produtivo e especial?*

Saiba que esse meu amigo motorista não é o único que vive assim. Segundo a Organização Mundial da Saúde (OMS), o Brasil é o país mais ansioso do mundo.[19] E, após a pandemia de Covid-19, essa ansiedade aumentou. Inclusive, um estudo recente da Universidade Estadual do Rio de Janeiro (UERJ) apontou que os casos de depressão dobraram entre os entrevistados, enquanto as

---

[18] JOHNSON, S. **Picos e vales**. Rio de Janeiro: BestSeller, 2009. p. 32.

[19] CARVALHO, R. Por que o Brasil tem a população mais ansiosa do mundo. **G1**, 27 fev. 2023. Disponível em: https://g1.globo.com/saude/noticia/2023/02/27/por-que-o-brasil-tem-a-populacao-mais-ansiosa-do-mundo.ghtml. Acesso em: 4 jan. 2024.

A felicidade não está no lugar aonde chegamos, mas, sim, no caminho que percorremos.

@erikpennapalestrante

ocorrências de ansiedade e estresse tiveram um aumento de 80% no período da pandemia.[20]

É possível afirmar que ansiedade é um excesso de futuro, uma preocupação extrema com o que está por vir. Assim, o indivíduo deixa de aproveitar o momento, não identifica a alegria do hoje, não percebe a paixão que precisa ter pelo agora. É possível minimizar a ansiedade e melhorar o dia mudando o foco e a pergunta para: "O que eu posso fazer de melhor *hoje?*".

A dica de ouro: menos ansiedade, mais alegria e paixão pelo hoje!

---

[20] PESQUISA da UERJ indica aumento de casos de depressão entre brasileiros durante a quarentena. **UERJ**, 5 maio 2020. Disponível em: https://www.uerj.br/noticia/11028/. Acesso em: 4 jan. 2024.

A dica de ouro: menos ansiedade, mais alegria e paixão pelo hoje!

@erikpennapalestrante

capítulo 2
O cotidiano escolar

Não culpe os professores

No capítulo anterior, abordamos como os desafios da educação brasileira são inúmeros e cada vez mais evidentes. É notório que os professores são figuras fundamentais no processo educacional, porém enfrentam uma série de obstáculos em seu ambiente de trabalho, como: carga horária excessiva, grande número de alunos por sala, pais que não apoiam a escola e infraestrutura insuficiente para inovar.

Além disso, os educadores convivem com a falta de reconhecimento e de valorização. A remuneração inadequada é um fator de grande frustração, que impacta diretamente o engajamento e a motivação dos professores. Aliás, metade dos profissionais da Educação Básica do país estão desmotivados (49%), sobrecarregados (55%), ansiosos (47%) e cansados (46%), segundo a pesquisa do Instituto Península, obtida com exclusividade pelo *O Globo*.[21]

---

[21] ALFANO, B. Metade dos professores está sobrecarregada, desmotivada, ansiosa e cansada, diz pesquisa. **O Globo**, 15 out. 2021. Disponível em: https://oglobo.globo.com/brasil/educacao/metade-dos-professores-esta-sobrecarregada-desmotivada-ansiosa-cansada-diz-pesquisa-25237027. Acesso em: 4 jan. 2024.

A desmotivação dos professores é uma grande preocupação no sistema educacional, com múltiplos fatores interconectados que contribuem para essa realidade complexa. Aprofundando a análise, é possível identificar uma série de razões que podem levar os educadores a perderem o ânimo e o entusiasmo em uma profissão tão vital para a sociedade. Motivos estes que fogem do controle no âmbito individual.

Por exemplo, se ocorre falta de recursos, como salas mal equipadas e materiais insuficientes, prejudicando a qualidade do ensino, isso não é culpa do professor. Também não podemos responsabilizá-lo pelo excesso de burocracia e ênfase em resultados padronizados que sufocam a criatividade e aumentam o estresse. Muito menos culpá-los pelo mau comportamento e indisciplina dos alunos, algo que torna a jornada educacional ainda mais cansativa. Assim como também não se pode encarregar os educadores mediante a clara falta de capacitações profissionais mais específicas, o que limita o crescimento de carreira.

E mesmo sem carregar culpa, sabe-se que tais problemas afetam tanto a produtividade quanto a autoestima e o bem-estar dos professores. Tudo isso resulta em uma aula que não empolga e uma aprendizagem falha, refletindo diretamente em índices educacionais estagnados, como evidencia os resultados do Índice de Desenvolvimento da Educação Básica (IDEB): o IDEB de 2021 para os anos iniciais do Ensino Fundamental no Brasil foi de 5,8 – ligeiramente abaixo do 5,9 de 2019. Nos anos finais do Ensino Fundamental, o IDEB de 2021 atingiu 5,1 – em comparação ao 4,9 da edição anterior. No Ensino Médio, o indicador permaneceu constante em 4,2 tanto em 2021 quanto em 2019.[22]

---

[22] BRASIL. Serviços e Informações do Brasil. Ministério da Educação divulga dados sobre a educação básica. **Gov.br**, 16 set. 2022. Atualizado em: 31 out. 2022. Disponível em: https://www.gov.br/pt-br/noticias/educacao-e-pesquisa/2022/09/ministerio-da-educacao-divulga-dados-sobre-a-educacao-basica. Acesso em: 4 jan. 2024.

Os professores são figuras fundamentais no processo educacional, porém enfrentam uma série de obstáculos em seu ambiente de trabalho.

@erikpennapalestrante

Para enfrentar esses desafios e mitigar a desmotivação, é essencial que sejam tomadas medidas abrangentes. <u>Investir em capacitação contínua, assegurar uma remuneração justa e condizente com a importância da profissão, reduzir a burocracia, promover um ambiente de aprendizado positivo e prover estrutura adequada são passos cruciais e urgentes.</u>

Isso posto, vale a pena refletir sobre as seguintes perguntas:

Com tantos desafios no cotidiano escolar, o caminho é jogar a toalha e desistir ou será que podemos aprender com isso e propor algo diferente?

A resposta poderia ser uma frase de Nelson Mandela: ==“Eu nunca perco, ou eu ganho ou eu aprendo”==.[23]

Em meio a tantas agruras, nada pode o professor fazer para otimizar o processo ensino-aprendizagem?

Eu acredito que os <u>obstáculos são apenas notas em uma melodia que os resilientes transformam em uma bela canção</u>. E como já disse Mahatma Gandhi: "A força não vem da capacidade física. Ela vem de uma vontade indomável".[24]

Qual desses dois caminhos será mais efetivo: apenas reclamar sem agir, ou reivindicar melhorias e continuar entregando o melhor possível para propiciar a si mesmo um cotidiano mais

---

[23] MANDELA, N. Eu nunca perco. Ou eu ganho, ou eu aprendo! Nelson Mandela. **Pensador**. Disponível em: https://www.pensador.com/frase/MTk1Mzc3MA/. Acesso em: 4 jan. 2024.

[24] GANDHI, M. **Frases de crescimento**, 28 jul. 2022. Disponível em: https://frases.win/2022/07/28/a-forca-nao-vem-da-capacidade-fisica-ela-vem-de-uma-vontade-indomavel-mahatma-gandhi/. Acesso em: 29 jan. 2024.

próspero e brilhante e ainda perceber que sua atuação está fazendo a diferença na vida do outro?

Certa vez, o escritor estadunidense Dave Weinbaum afirmou: "Se não puder se destacar pelo talento, vença pelo esforço".[25]

Fazendo a diferença

A história que vou compartilhar a seguir é frequentemente associada a um conto intitulado "A estrela-do-mar", que circula pela internet e cujo autor é desconhecido. Eu o adaptei de modo a evidenciar o impacto de cada atitude nossa que, mesmo que pareça pequena ou insignificante, pode significar vida ou morte.

> Certo dia, um garoto caminhava pela praia quando viu, ao longe, uma pessoa se abaixando repetidas vezes. Ela pegava algo da areia e lançava no oceano. Conforme se aproximou, o garoto percebeu que se tratava de uma mulher pegando estrelas-do-mar que a maré alta havia deixado na areia, e as devolvendo à água.
> Curioso, o menino perguntou: "Por que está fazendo isso? Há tantas estrelas-do-mar aqui na praia, e você não pode salvar todas elas".
> A mulher, que era professora naquele município, pegou outra estrela-do-mar, lançou-a de volta à água e disse: "Realmente, eu não posso salvar todas, mas para essa já fez toda a diferença".
> E continuou a pegar as estrelas-do-mar e a lançá-las de volta à água.

---

25 WEINBAUM, D. Se você não puder se destacar pelo... Dave Weinbaum. **Pensador**. Disponível em: https://www.pensador.com/frase/NDIzOTU/. Acesso em: 4 jan. 2024.

Os obstáculos são apenas notas em uma melodia que os resilientes transformam em uma bela canção.

@erikpennapalestrante

Essa história nos mostra que, ainda que muitas vezes não possamos mudar o todo, as nossas pequenas ações podem impactar grandemente a vida das pessoas. Uma aula, um exemplo, uma reflexão... tudo pode ser a grande virada de chave que o outro precisava escutar para mudar a própria vida ou mesmo o mundo.

Durante minhas viagens e palestras pelos municípios do Brasil, vários educadores me relataram pessoalmente ou via mensagens nas redes sociais detalhes dos desafios que enfrentam. Alguns destacam a falta de estrutura das escolas, outros falam da pouca formação, da baixa remuneração, da evasão escolar... enfim, todas as agruras enfrentadas pelos profissionais da educação que já citei aqui. Após ler a mensagem deles ou escutá-los atentamente, eu os parabenizo por não desistirem dessa linda missão, mas também pergunto: <u>qual profissão não tem desafios ou turbulências?</u>

Medalha para quem faz o que ama

Os Jogos Olímpicos do Japão me fizeram perceber algo no mundo da educação.

No dia 26 de julho de 2021, a esportista Rayssa Leal, conhecida como Fadinha, conquistou a medalha de prata na categoria *street* do skate e, com apenas 13 anos, a atleta brasileira se tornou a sétima medalhista mais jovem em toda a história dos Jogos Olímpicos de Verão.[26] E, no dia seguinte, 27 de julho, o brasileiro

---

[26] TÓQUIO 2020: Rayssa Leal é a medalhista mais jovem dos Jogos em 85 anos; conheça os prodígios. **G1**, 26 jul. 2021. Disponível em: https://g1.globo.com/mundo/noticia/2021/07/26/olimpiada-toquio-2021-rayssa-leal-a-fadinha-e-medalhista-mais-jovem-da-historia-em-85-anos-conheca-os-prodigios.ghtml. Acesso em: 4 jan. 2024.

Ítalo Ferreira conquistou a primeira medalha de ouro na estreia do surfe como modalidade olímpica em Tóquio.[27]

Em entrevistas após a conquista, eles enfatizaram o amor e a dedicação pela carreira que escolheram. A partir daí é possível refletir sobre alguns fatores que contribuem para uma vitória olímpica ou para o sucesso profissional (inclusive no mundo educacional):

- Eles amam o que fazem;
- Entregam o seu melhor;
- Treinam e se aperfeiçoam a cada dia;
- Se divertem enquanto trabalham;
- Levam a medalha para casa.

Após analisar a jornada desses campeões olímpicos e de outros profissionais de sucesso, podemos afirmar que **feliz é aquele que se diverte enquanto bate metas**.

Repare que, como na educação, o esporte no Brasil não tem a estrutura ideal, a carga horária de trabalho é cansativa e a remuneração também não é como deveria. Mesmo assim, muitos brasileiros estão lá dando o seu melhor e fazendo a diferença, inspirando tantas crianças e adultos.

Minha experiência com educação, acompanhando de perto educadores que fazem a diferença na vida de tantos alunos, me permite declarar sem sombra de dúvida que feliz é o professor que se diverte enquanto ensina e transforma vidas.

Faça agora uma analogia entre as Olimpíadas e o cotidiano escolar, e responda para si mesmo:

---

[27] SILVEIRA, L. Ítalo Ferreira é campeão olímpico no surfe e dá 1º ouro ao Brasil em Tóquio. **CNN Brasil**, 27 jul. 2021. Disponível em: https://www.cnnbrasil.com.br/esportes/italo-ferreira-e-medalha-de-ouro-no-surfe-a-primeira-do-brasil-nas-olimpiadas/. Acesso em: 4 jan. 2024.

- Você escolheu essa profissão por livre vontade ou alguém o obrigou?
- Você ama o que faz?
- Se qualifica constantemente?
- Dá o seu melhor todos os dias?

Se respondeu "sim" para todas essas questões, provavelmente já é merecedor de aplausos e de uma medalha. E sabe por quê? Porque <u>o aplauso do outro é importante, mas o aplauso mais impactante vem do nosso interior</u>.

Os profissionais da educação que se sentem injustiçados e infelizes têm a liberdade de buscar outro caminho dentro da própria docência ou até mesmo em outra atividade. É um direito legítimo. O que é contraproducente é se lamentar todo dia, enaltecendo o próprio sofrimento e desenvolvendo a "síndrome de coitadinho". Por vezes, percebo que muitos professores desejam apenas desabafar, e tudo certo, pois todos precisamos conversar. Mas, em alguns casos, querem que sintamos pena deles. Será essa atitude produtiva? Acredito que essa maravilhosa profissão que forma todas as outras não deve ser vista nem reconhecida como a dos coitadinhos.

Já reparou como determinados colegas da Pedagogia, a minoria eu imagino, adoram exibir suas dificuldades cotidianas no ambiente escolar? Sem perceber, acabam destacando uma característica negativa do temperamento: a de lamentar e não buscar soluções. Querem mesmo é ter o prazer de reclamar, muitas vezes almejando o sentimento alheio de pena.

É muito mais construtivo analisar se aquilo que o deixa inconformado pode estar evidenciando justamente o propósito da sua vida. Já pensou nisso?

O aplauso do outro
é importante,
mas o aplauso mais
impactante vem
do nosso interior.

@erikpennapalestrante

O COTIDIANO ESCOLAR

O que o deixa inconformado pode revelar a sua missão de vida

Até aqui, evidenciamos alguns problemas educacionais, suas causas e consequências no cotidiano dos professores. Tais desafios tendem a deixar algumas pessoas inconformadas. Diante disso, podemos refletir de modo construtivo, pensando em alternativas para amenizar situações difíceis de resolver.

Propósito tem a ver com descobrir por que existimos, por que viemos ao mundo. Independentemente da sua crença ou religião, pare e pense: será que Deus (ou o ser superior no qual você acredita) o colocou neste mundo para comer, beber, dormir, trabalhar, pagar os boletos e depois ir embora? Ou será que você veio para a Terra com uma espécie de missão a ser realizada durante a vida?

Então, qual é o seu propósito? Você sabe?

No livro *O que fazer com os limões que a vida te dá,* Padre Marlon Múcio fala sobre as dificuldades na prática do seu ministério e relata que resolveu colocar na porta do seu quarto algo que também há na entrada dos aposentos do Papa Francisco, uma placa com os seguintes dizeres: "É proibido reclamar!". E na obra ele cita uma frase reflexiva de Viktor Frankl: "Se você não sabe qual é a sua missão na vida, já tem uma: encontrá-la".[28]

Uma pista que nos ajuda a descobrir o nosso propósito é pensar em algo que nos incomoda diante de uma situação. E se for recorrente, aí, sim, você tem que ficar de orelhas em pé, atento. As chances de seu propósito ter relação com o que o incomoda são grandes.

De 2003, quando lecionei pela primeira vez, até 2023, já foram inúmeras aulas, centenas de palestras e eventos empresariais e

---

[28] MÚCIO, Pe. M. **O que fazer com os limões que a vida te dá**. São Paulo: Planeta, 2022.

educacionais por todo Brasil. Mas sabe como minha missão foi despertada? Quando eu ficava profundamente incomodado com algumas aulas chatas na faculdade. Eram aulas paradas, nas quais o professor falava e os alunos dormiam. Só de pensar que eu teria que ficar ali, gastando a minha vida com uma apresentação tão insignificante, me sentia inconformado ao extremo. Naqueles momentos, eu pensava: *Será que a maneira de passar conteúdo precisa ser assim tão maçante e cansativa? Ou será que é possível fazer algo diferente, buscando apresentar aulas e palestras de modo mais interessante, animado e divertido?*

Uma frase do psicanalista William Glasser diz que: "A diversão é a recompensa genética para o aprendizado".[29] E acredito muito nisso. Minha vontade de ensinar às pessoas de modo que possam aprender, interagir e se divertir ficou bem clara. Descobri meu propósito de vida: inspirar e transformar pessoas e resultados.

Imagine, então, <u>o poder transformador de um professor chegando animado, apresentando uma aula interessante, interativa, inesquecível</u>; culminando em alunos mais estimulados, engajados, participativos; elevando o grau da aprendizagem e tornando o ambiente na sala de aula agradável e estimulante.

Essa revolução acontece quando o principal agente da educação, o professor, age como protagonista e trabalha motivado, engajado e feliz. E eu acredito que <u>o grande educador atua com brilho nos olhos e alegria na alma</u>.

---

[29] GLASSER, W. **Teoria da escolha**: uma nova psicologia de liberdade. São Paulo: Mercuryo Jovem, 2001. p. 48.

O grande educador atua com brilho nos olhos e alegria na alma.

@erikpennapalestrante

capítulo 3
Uma revolução na forma de ensinar

A transformação começa dentro de mim

Paulo Freire dizia: "É pensando criticamente a prática de hoje que se pode melhorar a próxima prática".[30]

Muitos falam que a educação no Brasil precisa passar por uma grande revolução ou reformulação. E, em geral, uma revolução começa por uma combinação de fatores complexos e variados que geram descontentamento e insatisfação. Mas você também já deve ter ouvido falar daquelas pessoas que querem mudar o mundo, cobram do outro, mas "se esquecem" de fazer a própria parte. Conheço pessoas que bradam pelos quatro cantos, defendendo uma causa lá do outro lado do planeta, mas não arrumam nem o próprio quarto.

Uma frase atribuída a Mahatma Gandhi, grande líder político e espiritual indiano, que desempenhou papel significativo no movimento de independência da Índia do domínio britânico, diz

---

[30] FREIRE, P. **Pedagogia da autonomia**: saberes necessários a prática educativa. Rio de Janeiro: Paz e Terra, 2016.

mais sobre nós do que sobre os outros: "Seja a mudança que deseja ver no mundo".[31]

Um dos principais hábitos de professores vencedores é a autorresponsabilidade, ou seja, são pessoas que tomam as rédeas da própria vida, não ficam arrumando culpados para suas escolhas e rejeitam o rótulo de "coitadinhos". Com coragem, aceitam as consequências das suas decisões, assumem o protagonismo da vida!

A transformação na educação deve se iniciar dentro de nós, com novos hábitos, atitudes inovadoras, motivação mesmo diante das dificuldades, disciplina e, principalmente, mente aberta para se desenvolver de modo contínuo – afinal, só deve ensinar aquele que está disposto a olhar para dentro de si e aprender sempre.

Em uma capacitação que fiz em Barcelona, na Espanha, em 2016, o professor explicava o sucesso do clube de futebol Barcelona e colocava o seguinte como um dos principais pilares: "Aqui, o treinamento é uma ferramenta de desenvolvimento, não apenas um ato de correção".

Em 2019, durante uma formação que fiz no Instituto Disney, em Orlando, nos Estados Unidos, o professor citou uma fala do Walt Disney: "O parque nunca está concluído". E a explicação que seguiu foi: "A Disney sempre vai criar novos personagens, novos brinquedos, novas atrações e, no entanto, a principal inovação deve surgir de dentro de nós".

Lembre-se: nós começamos a piorar quando paramos de melhorar!

Aproveite este momento e faça uma autorreflexão: quando foi a última vez que você deu uma pausa na correria e foi treinar, estudar, se capacitar com o objetivo de melhorar a sua comunicação e performance em sala de aula?

---

[31] GANDHI, M. Be the change you want to see in the... Mahatma Gandhi. **Pensador**. Disponível em: https://www.pensador.com/frase/OTQ1MTI5/. Acesso em: 4 jan. 2024.

A janela e o espelho

Certa vez, uma senhora foi ao encontro de um sábio e perguntou como ela poderia se tornar uma profissional melhor. O homem respondeu: "É preciso olhar pela janela e no espelho".

Olhar pela janela significa aprender com o próximo, evoluir ao receber ensinamentos de outro profissional, ler um bom livro, fazer um curso interessante. Tem a ver com ressignificar algo a partir do outro.

Por vezes, porém, a evolução só começa se olharmos para o espelho, isto é: percebendo o que precisa ser mudado em nós mesmos, nos nossos próprios comportamentos. E, a partir daí, a mudança e a melhoria têm a oportunidade de começar.

==Profissionais de sucesso sabem que a evolução acontece quando se tem sabedoria para olhar pela janela, a fim de aprender com o outro, e a humildade para olhar no espelho, visando corrigir o próprio interior.==

Uma vez, o programa *Profissão Repórter*, da Globo, me convidou para fazer uma matéria na rua 25 de Março, em São Paulo. Minha função era, como especialista em motivação, analisar o comportamento de alguns profissionais e como ele impacta o resultado, a produtividade final do indivíduo.

Caminhamos pela calçada e logo avistamos dois camelôs que vendiam itens variados, como bolsas, mochilas, toucas, capinhas e carregadores de celular. O repórter e eu nos aproximamos do primeiro rapaz, que estava sentado em uma cadeira ao lado da banca de produtos. Nas mãos, ele segurava um pedaço de queijo e, em suas feições, havia uma aparência cansada e desmotivada.

O repórter perguntou: "O senhor pode dar uma entrevista para nós?".

"Se for sentado, posso!", respondeu.

A evolução acontece quando se tem a sabedoria para olhar pela janela, a fim de aprender com o outro, e a humildade para olhar no espelho, visando corrigir o próprio interior.

@erikpennapalestrante

O repórter, então, prosseguiu:

"Como estão as coisas?".

"Ruins demais", respondeu o vendedor. "Nem sei se terminarei o ano com a banca montada. As coisas estão bem complicadas por aqui."

"Por que você acha que as coisas estão assim tão difíceis?"

O homem culpou agentes externos: a crise econômica, a inflação subindo, altas seguidas no preço das passagens e dos combustíveis, o sumiço dos clientes.

Agrademos a participação dele e continuamos na rua. Permanecemos naquela mesma calçada, demos uns quinze ou vinte passos e encontramos outro camelô. Esse, quando nos avistou, nos recebeu de modo diferente, amigável, caloroso. Com um sorriso no rosto, perguntou nosso nome e disse o dele: Gil.

O repórter aproveitou a deixa e indagou:

"Gil, como estão as coisas por aqui?".

"Para mim, este foi o melhor ano da minha vida", disse o camelô.

Ficamos surpresos ao observar que ele vendia itens bem semelhantes aos do primeiro rapaz entrevistado. O repórter, com isso em mente, perguntou:

"Gil, você vende os mesmos produtos e na mesma rua que aquele rapaz ali. Como que para você as coisas estão boas e para ele estão tão ruins? Qual é o seu segredo?".

"São dois segredos." Gil sorriu. "O primeiro é o tratamento. Muitas pessoas passam apressadas por essa calçada todos os dias, a maioria delas eu nem conheço, mas <u>eu descobri que, com um olhar atento e um sorriso no rosto, às vezes eu as pego no colo</u>. O segundo segredo é a minha missão. Eu saio de casa de madrugada, trazendo muitas coisas para vender na minha sacola, mas o principal vem na mente: **eu tenho como missão de vida** deixar o outro ir embora melhor do que quando ele me encontrou. O resultado é consequência."

Não me contive: "Uau! Que aula, Gil. Parabéns!".

Curioso esse caso, não? Os dois profissionais atuavam na mesma rua e trabalhavam com produtos semelhantes. No entanto, um estava reclamando e indo mal, o outro colhia bons resultados e se sentia feliz da vida. A grande diferença entre eles: o **comportamento**.

Ao analisar essa situação, é possível dizer que o primeiro camelô poderia estar em uma melhor situação se tivesse outra atitude, se tivesse olhado mais no espelho, se praticasse a visão autocrítica. Talvez tenha faltado uma dose de autorresponsabilidade para perceber que sua atitude desmotivada e quase paralisante gerava aquele resultado insatisfatório.

É possível que, neste momento, algum leitor esteja pensando. *Erik, você pensa que é fácil lecionar, planejar as aulas, aplicar e corrigir provas, fazer cursos e ainda inovar na sala de aula?*

Não é fácil, sei disso. Mas também sei que quem quer fazer melhor a cada dia dá um jeito, quem não quer arruma qualquer desculpa.

Acolher para conectar

Antes mesmo de iniciar a jornada de ensino, é imperativo estabelecer um ambiente acolhedor e receptivo. A arte de ensinar transcende a mera transmissão de conhecimento; começa com o ato essencial de acolher. Receber cada aluno com carinho e fazê-lo sentir-se genuinamente bem-vindo são os alicerces fundamentais para o processo de aprendizagem. É nesse ambiente de calor humano e aceitação que as sementes são plantadas.

Eu tenho como missão de vida deixar o outro ir embora melhor do que quando ele me encontrou.

@erikpennapalestrante

Antes de desvelar o vasto mundo do conteúdo, é preciso construir uma base sólida de confiança e conexão.

Mas qual seria o passo a passo de uma boa acolhida na escola? Antes de explicar, registro que aprendi isso com uma das organizações mais encantadoras e acolhedoras do planeta: a Disney, durante a qualificação internacional que participei lá em Orlando em 2019. E foi curioso e muito pertinente descobrir um passo a passo para receber o outro com simpatia, a fim de gerar conexão e confiança.

Durante as minhas palestras, costumo provocar os profissionais da educação com a seguinte questão: suponha que a aula comece às 7h30 e um aluno chegue à escola às 7h10. Qual é a primeira coisa que você faz ao encontrá-lo? A maioria responde prontamente: "Digo bom dia". Então, eu aponto que, embora seja essencial cumprimentar o aluno pela manhã, isso não deveria ser a primeira ação. O mais adequado é compreender e praticar os três atos fundamentais do **tripé da acolhida**. Esses passos não apenas criam um ambiente positivo, como também estabelecem conexões significativas com os alunos.

1. **Primeiro passo: olho no olho.** O primeiro e crucial ponto do tripé consiste em estabelecer contato visual direto, fitando os olhos do aluno. Esse gesto vai além do simples cumprimento matinal; é uma forma poderosa de conectar-se individualmente. Não é encarar para passar medo, mas lançar um olhar que signifique "que bom que você veio" ou "que ótimo que você chegou na escola". O contato visual tem esse poder de transmitir respeito, atenção e reconhecimento, elementos fundamentais para iniciar o dia de maneira acolhedora.

2. **Segundo passo: sorriso no rosto.** Após o olho no olho, o próximo passo é acompanhar esse gesto com um sorriso sincero. O sorriso é uma linguagem universal que transcende barreiras. Como afirmava Madre Teresa de Calcutá, "**a paz começa com um sorriso**".[32] Esse gesto simples, mas significativo, cria uma atmosfera positiva e amigável, gerando um impacto positivo no estado de espírito do aluno.
3. **Terceiro passo: saudação animada.** O terceiro passo do tripé envolve uma saudação animada e entusiasmada. Agora, sim, é momento de cumprimentar o aluno de maneira calorosa, dizer um "bom dia" com ânimo e energia, demonstrar interesse genuíno. É um convite para um dia produtivo e positivo. Transmitir entusiasmo na saudação contribui para criar um ambiente escolar acolhedor e motivador.

E temos um ponto extra (e básico): **chame pelo nome**. Embora não seja formalmente parte do tripé, ir além e chamar o aluno pelo nome é um toque pessoal e especial. Isso não apenas reforça a conexão individual, mas também mostra que o agente educacional valoriza e reconhece cada indivíduo único.

Ao cultivar essa atmosfera de acolhimento, não apenas abrimos as portas para o aprendizado, mas também proporcionamos aos alunos a segurança necessária para explorar, questionar e crescer. O simples gesto de receber com carinho marca o início de uma jornada educacional enriquecedora, na qual o aluno não é apenas um receptor passivo de informações, mas um participante ativo no próprio processo de descoberta.

Ao adotar esses passos, os profissionais da educação podem construir um ambiente escolar mais acolhedor, promovendo

---

[32] MÚCIO, Pe. M. *op. cit.*, p. 45.

Quem quer fazer melhor a cada dia dá um jeito, quem não quer arruma qualquer desculpa.

@erikpennapalestrante

não apenas a aprendizagem, mas também o bem-estar emocional dos alunos.

Ensinar é inspirar

O ato de ensinar vai além da transmissão de conhecimento; é uma fonte de inspiração que pode moldar o futuro dos aprendizes. Há inúmeros projetos educacionais que encantam e transformam a vida de alunos e comunidades, tanto no Brasil como no exterior.

Uma publicação do site porvir.org, em setembro 2022,[33] exibiu projetos finalistas da WISE Awards (World Innovation Summit for Education, ou Cúpula Mundial de Inovação para a Educação, em tradução livre), um dos maiores prêmios de educação do mundo, organizado anualmente pela Qatar Foundation e que já reconheceu dezenas de projetos que contribuem positivamente para a educação e comunidades locais.

E na edição 2022, o tradicional WISE Awards selecionou iniciativas transformadoras vindas do Quênia, dos Estados Unidos, do México e da Índia. Vamos conhecê-las?

Kidogo (Quênia)

Contexto: no Quênia, país em que mais de 60% da população urbana vive em áreas vulneráveis, e as mães precisavam decidir com quem deixar os filhos pequenos para irem trabalhar. Geralmente, as crianças, na faixa etária de 0 a 5 anos, ficam com as irmãs mais

---

33 D'MASCHIO, A. Wise Awards divulga 6 projetos globais que têm mudado a educação em seus territórios. **Porvir**, 16 set. 2022. Disponível em: https://porvir.org/wise-awards-divulga-6-projetos-globais-que-tem-mudado-a-educacao-em-seus-territorios/. Acesso em: 1 fev. 2024.

velhas, que, para dar conta dos cuidados, precisam largar os estudos. As mães também podem optar por deixá-las em uma creche informal, que fornece cuidados básicos. Esses espaços, que não são licenciados, falham em oferecer boa nutrição e higiene, e também são negligentes. Esses fatores diminuem, e muito, o desenvolvimento potencial da primeira infância. No mundo, cerca de 350 milhões de crianças de 0 a 5 anos vivem em tal cenário.

Solução: o projeto Kidogo oferece apoio para que mulheres empreendedoras abram pequenos negócios na área de educação infantil. Proporcionando, assim, educação, intervenções nutricionais e cuidados de qualidade a preços acessíveis. Por meio de uma abordagem inovadora de franquia social, o Kidogo se tornou a maior rede de cuidados infantis no Quênia, atendendo mais de 16 mil crianças.

Remake Learning (Estados Unidos)

Contexto: atualmente vivemos em um mundo complexo e muito interconectado. Embora ainda seja essencial saber ler, escrever e fazer contas, essas habilidades não são suficientes para preparar os jovens da Era Digital. É preciso que haja união para ir além do básico e conectar os alunos a experiências que cultivem criatividade e imaginação.

Solução: a Remake Learning trabalha na coordenação de grupos de trabalho e planeja reuniões regulares para que práticas educativas sejam compartilhadas. Com sede em Pittsburgh, na Pensilvânia, a iniciativa conta com mais de mil professores, artistas, bibliotecários, designers e muitos outros profissionais. Em quinze anos, ela já investiu quase 100 milhões de dólares em escolas, organizações e projetos de aprendizagem inovadores.

Educating for Wellbeing, da ONG AtentaMente (México)

Contexto: no México, 50% das crianças vivem na pobreza, e 11,8% na extrema pobreza. Com um sistema de ensino público com recursos limitados, não há como promover o desenvolvimento saudável das crianças com menos de 5 anos, particularmente para aquelas com maior risco. Essas crianças estão vulneráveis a experiências de abuso e violência e não têm ao seu alcance recursos para superar tais desafios.

Solução: o programa Educating for Wellbeing [educando para o bem-estar, em tradução livre], da AtentaMente, veio para transformar os ambientes de aprendizagem, capacitando redes para proteger crianças dessas situações, ajudando-as a se desenvolver de modo saudável. O programa tem como foco o desenvolvimento socioemocional dos adultos, com vias a integrar educação infantil, liderança, educadores, alunos e famílias.

Climate Change Problem Solvers, da ONG Reap Benefit (India)

Contexto: devido a mudanças climáticas, até 2050, segundo relatório do Painel Intergovernamental sobre Mudanças Climáticas, boa parte da população da Índia enfrentará a escassez se água, ao passo que 35% dos indianos sofrerão com inundações. O país também poderá perder 34 milhões de postos de trabalho por causa do aquecimento global. Diante de tal cenário, os jovens indianos terão de repensar o modo como a educação pode ajudar no enfrentamento de tais desafios.

Solução: a ONG Reap Benefit lançou um programa chamado Bootcamp Express para preparar os jovens para resolverem problemas climáticos e cívicos. Tendo como foco comunidades, dados e soluções, esses "Solve Ninjas" [ninjas que resolvem problemas, em tradução livre], recebem apoio da plataforma de mesmo nome, que lhes fornece conhecimento aprofundado, ferramentas e orientação para participarem de campanhas e criar propostas locais inovadoras.

Projetos brasileiros também já foram finalistas da WISE Awards da Qatar Foundation, como em 2019, com o Programa Criança Feliz, do Governo Federal; a empresa de tecnologia educacional Geekie, em 2016; e o Centro de Mídia do Amazonas, em 2009.

Além desses, na edição de 2022 de uma premiação realizada pela Fundação Jacobs, com sede em Zurique, na Suíça, a *edtech* brasileira Movva ficou entre as dez finalistas dos projetos educacionais dedicados ao avanço da infância e da adolescência.

A Movva, empresa com sede em São Paulo e que atua na América Latina e na África Subsaariana, se autodenomina a primeira startup de "nudgebots" do mundo (em inglês, nudge significa dar um "empurrãozinho", e bot é a abreviatura de robô). Em sua atuação na Costa do Marfim, onde é comum crianças trabalharem na colheita de cacau, o programa envia mensagens às famílias, visando a diminuição dos castigos físicos e estimulando os pequenos a não abandonarem os estudos. Segundo reportagem do Projeto Draft,[34] nos dez meses que se seguiram à implementação do programa, os estudantes nas cidades de Aboisso e Bouaflé que receberam as mensagens tiveram metade das faltas do que aqueles que não receberam.

---

34 INFANTE, M. A Movva aplica "nudgebots" para incentivar mudanças de comportamento por meio de mensagens curtas de SMS. **Projeto Draft**, 4 nov. 2019. Disponível em: https://www.projetodraft.com/a-movva-aplica-nudgebots-para-incentivar-mudancas-de-comportamento-por-meio-de-mensagens-curtas-de-sms/. Acesso em: 1 fev. 2024.

Durante o período de distanciamento social, a empresa alcançou 2 milhões de estudantes e suas famílias tanto no Brasil, quanto na Costa do Marfim, em Gana, na Guatemala e em Honduras. "Pergunte ao seu filho uma profissão que ele admira, e o motivo" e "A convivência familiar é importante para o desenvolvimento da criança. Como vocês vêm construindo essa relação familiar?" são exemplos de mensagens inspiradoras enviadas via SMS pelo Eduq+, um dos projetos da Movva.

Quer ver outro brilhante exemplo em nosso país? Uma professora foi contratada para dar aulas de robótica em uma favela em São Paulo. Uma iniciativa capaz de mudar o futuro das crianças e também da região.[35] E graças a esse trabalho fantástico e transformador, concorreu ao Global Teacher Prize, considerado o Nobel da educação, pelo serviço feito nas periferias da capital paulista. Debora Garofalo é a professora que resolveu ensinar robótica para os alunos da rede municipal da cidade, e suas aulas eram com materiais reciclados que os alunos encontram nas ruas. No projeto, os estudantes constroem protótipos móveis, utilizando sucatas coletadas na própria comunidade. O trabalho envolve questões sobre o descarte consciente, sustentabilidade e conhecimentos sobre programação.

Por meio desse projeto, cerca de uma tonelada de materiais recicláveis já foi retirada do entorno e transformada em protótipos. O programa integra várias áreas do conhecimento, como Tecnologia, Língua Portuguesa, Ciências, Geografia e Matemática.[36]

---

[35] ENSINANDO robótica para a favela. **KondZilla**, 2024. Disponível em: hhttps://kondzilla.com/mini-docs/robotica-na-favela/. Acesso em: 4 jan. 2024.

[36] PROFESSORA da rede municipal de São Paulo está entre os 50 finalistas do "Global Teacher Prize". **Secretaria Municipal de Educação**, 11 jan. 2019. Disponível em: https://educacao.sme.prefeitura.sp.gov.br/noticias/professora-da-rede-municipal-de-sao-paulo-esta-entre-os-50-finalistas-do-global-teacher-prize/. Acesso em: 29 jan. 2024.

Em função desse trabalho desenvolvido na educação pública, Debora recebeu diversos prêmios importantes, entre eles: 1º Lugar no V Prêmio de Direitos Humanos pela Secretaria Municipal de São Paulo 2017; vencedora na temática especial Prêmio Professores do Brasil 2018; vencedora da Aprendizagem Criativa Brasil do MIT 2019. Recebeu a medalha dos pacificadores da ONU e, em 2022, recebeu a maior honraria do Estado de São Paulo: a Medalha MMDC Caetano de Campos. Em 2019, foi a primeira mulher brasileira e a primeira sul-americana a chegar entre os top 10 do Global Teacher Prize, sendo considerada uma das dez melhores professoras do mundo.[37]

Exemplos como esse nos mostram que é possível fazer a diferença, ensinar com alegria e transformar vidas. Muitas vezes, é dessa fagulha que um aluno precisa para se inspirar e dar um *up* na sua carreira e trajetória.

O método 3 is: aula interessante, interativa e inesquecível

Uma reflexão pertinente que todos os profissionais que dão aulas deveriam se propor é: o conteúdo que apresento inspira ou amedronta os alunos? A aula ilumina ou desencoraja os sonhos dos aprendizes?

Pense em como você apresenta o conteúdo em sala de aula e responda a si mesmo: quantos alunos se apaixonaram pela disciplina depois de assistir à minha aula?

---

[37] DEBORA GAROFALO. Disponível em: https://deboragarofalo.com.br. Acesso em: 9 jan. 2024.

UMA REVOLUÇÃO NA FORMA DE ENSINAR

A verdadeira essência da educação não está apenas no ato de ensinar, mas na efetividade da aprendizagem. E a conjuntura atual mostra que grande parte dos alunos da Educação Básica é bombardeada frequentemente com estímulos audiovisuais, o que torna a missão do professor e a prática de ensinar uma tarefa ainda mais desafiadora e, ao mesmo tempo, instigante. Afinal, antes de passar qualquer conteúdo, o profissional da educação precisa conquistar a atenção dos estudantes. Dessa maneira, a matéria apresentada terá mais chance de ser entendida e internalizada pelas crianças e pelos jovens do século XXI.

Nos meus tempos de Ginásio, agora chamado Ensino Fundamental II, era comum o professor explicar a matéria de uma maneira mais passiva, não se preocupando tanto com a interação do aluno. Mas o mundo evoluiu, as pessoas mudaram, e a educação também precisa inovar. Os tempos atuais sugerem uma oratória mais envolvente e participativa, que consiga, ao mesmo tempo, ensinar, interagir e entreter.

Escuto alguns professores dizendo: "Erik, há mais de vinte anos eu apresento as aulas assim, puramente expositiva em forma de monólogo. Por que agora terei que mudar, replanejar minha prática pedagógica e a maneira como transmito as informações?".

Eu respondo: porque o mundo, as pessoas e os alunos mudaram. Aliás, alguns docentes faziam prova à mão, utilizavam mimeógrafo e, em sala de aula, faziam uso apenas da voz e do giz. Hoje em dia é diferente, as provas são multiplicadas em uma máquina de fotocópias, outros aplicam a verificação escolar informatizada, alguns utilizam slides, projetor de imagens, lousa digital e até óculos de realidade virtual. Independentemente de qual seja a sua realidade, o que fica claro é que as coisas evoluíram, e nós precisamos acompanhar essa transformação, tornando o ato de ensinar um tipo de mediação, algo mais dinâmico, criativo e envolvente, fazendo com que o aluno não seja um mero expectador, mas um protagonista na hora de aprender e progredir.

Mas como propiciar uma experiência educativa mais imersiva e engajadora? Com o método 3is, que consiste em um passo a passo para ajudar o professor a criar uma jornada em sala de aula mais empolgante para alunos e para os próprios docentes, potencializando o processo ensino-aprendizagem.

Nesse método, as aulas visam ser: **interessantes** (recheadas de exemplos aplicáveis ao cotidiano do estudante, resumindo com habilidade e destacando o tópico mais significativo para os alunos em cada aula); **interativas** (nas quais o aluno possa participar ativamente, além de se divertirem durante o processo educativo); **inesquecíveis** (com lições que possam ensinar, sensibilizar e até emocionar, além de possuir uma abordagem que enfatize o que é verdadeiramente prioritário: o ser humano).

E então? Preparado para mudar a sua sala de aula e a vida dos seus alunos? Vamos juntos estudar em detalhes o método a partir do próximo capítulo. Vou conduzi-lo nessa jornada em que o conhecimento e a alegria se encontram.

O mundo evoluiu, as pessoas mudaram, e a educação também precisa inovar.

@erikpennapalestrante

capítulo 4
Aula interessante

O impacto da comunicação no processo ensino-aprendizagem

O melhor <u>professor não é aquele que mais sabe, é o que melhor ensina</u>. E o êxito no processo ensino-aprendizagem tem relação direta com uma comunicação bem-sucedida. Ou seja, não adianta o docente "apenas" falar, passar a matéria ou transmitir o conteúdo pragmático, a comunicação só será efetiva se o aluno aprender e interiorizar a informação, transformando-a em conhecimento adquirido.

Uma aula torna-se **interessante** quando o professor cria uma conexão entre o conteúdo e o mundo do estudante. Perceba: a comunicação precisa fazer sentido não só para quem fala, mas também para quem escuta.

Certa vez, eu estava participando de uma reunião de professores e o diretor conduzia perfeitamente o bate-papo pedagógico. De repente, chegou um professor "atrasadinho". O diretor, então, educadamente deu as boas-vindas e perguntou o motivo do atraso. O professor informou que estava corrigindo as provas da turma e, ao ser questionado sobre como os alunos tinham se saído na avaliação, ele respondeu: "Na minha prova, os alunos não têm moleza, a maior nota da sala foi quatro". O diretor disse: "Se a maior nota da turma foi quatro, é bem provável que o professor é quem precisa de aula de reforço".

Meu pai uma vez me disse: "Meu filho, se você brigar com o vizinho, você pode estar certo, mas se você brigar com a rua inteira, provavelmente estará errado".

De fato, se ninguém da turma acertar nem metade da avaliação escolar, algo pode estar errado. Há várias hipóteses para o ocorrido. Talvez a prova não tenha sido construída de acordo com o ensinado em sala, ou então – e essa é a opção mais provável – os alunos não entenderam o que o professor quis ensinar. Isso me faz lembrar da frase do publicitário David Ogilvy: "Comunicação não é o que você diz. É o que os outros entendem".[38]

Eu me lembro, ainda, que o professor tentou se justificar dizendo que, como se tratava da primeira prova do ano, ele precisava dar logo uma "lição" na turma para os alunos ficarem amedrontados e, a partir daí, levarem os estudos a sério.

Sei que há alunos que não se interessam tanto quanto deveriam, mas penso que o medo e a intimidação não têm espaço na educação contemporânea. Em vez disso, precisam dar lugar ao respeito e à motivação.

Em vez de gritar, ameaçar e dar notas baixas, como se a avaliação fosse uma forma de castigo, eu prefiro acreditar em uma docência moderna, evoluída, e que, estando motivada, não precisa desse tipo de artifício para ganhar a atenção dos alunos.

---

[38] GARGANTINI, S. Branding é o que o seu cliente entende. **Branding para negócios**, 24 fev. 2021. Disponível em: https://brandingparanegocios.com.br/branding-e-o-que-o-seu-cliente-entende/. Acesso em: 9 jan. 2024.

O melhor professor
não é aquele
que mais sabe,
é o que melhor
ensina.

@erikpennapalestrante

Para finalizar, vale a pena refletir sobre os ensinamentos de dois mestres na arte de ensinar. Salman Khan, eleito o melhor professor do mundo, em entrevista à revista *Veja* destacou duas palavras-chaves para o sucesso com seus alunos: "Comunicação – de forma simples, onde eu falo e o aluno entende. Não adianta passar o conteúdo, pois o que importa é se o aluno entendeu. Motivação – eu saio de casa não para dar mais uma aula, mas, sim, para fazer a diferença na vida de alguma pessoa".[39]

E Doug Lemov, em seu livro *Aula nota 10*,[40] que apresenta 49 técnicas para ser um verdadeiro campeão de audiência em sala de aula. O autor dá ótimas dicas para os professores conquistarem a atenção dos alunos sem precisar gritar, ameaçar, nem dar notas baixas. Destaco a seguir três delas:

- **Não fique parado em um mesmo local o tempo todo**: movimente-se pela sala e aproxime-se dos alunos mais interessados – para que se sintam enaltecidos – e das pessoas desinteressadas ou sonolentas, pois assim as manterá atentas.
- **Faça perguntas durante a exposição, mesmo que você mesmo as responda:** questionamentos geram maior atenção e interação dos participantes.
- **Enumere o que vai dizer:** vivemos em uma época de pessoas ansiosas, então, quando o professor enumera o que vai ensinar, o aluno sabe o momento em que a aula começou e já imagina a hora que vai terminar. Avisar quantos assuntos, tópicos ou etapas a aula terá favorece

---

[39] BUTTI, N. Salman Khan conta suas descobertas sobre o aprendizado. **Veja**, 2 dez. 2012. Disponível em: https://veja.abril.com.br/educacao/salman-khan-conta-suas-descobertas-sobre-o-aprendizado. Acesso em: 9 jan. 2024.

[40] LEMOV, D. **Aula nota 10**. São Paulo: Livros de Safra, 2011.

um maior controle da ansiedade e maximiza a concentração até o final.

Novas funções do professor contemporâneo

O profissional de educação, como já vimos, precisa se adaptar aos novos tempos, acompanhar as mudanças tecnológicas e as transformações que isso acarreta às pessoas e, consequentemente, devem adaptar como absorvem informações dentro e fora da sala de aula. Diante dessa realidade, o professor contemporâneo precisa dominar novas funções, a fim de dar conta do recado. Vamos analisar as principais.

Curadoria do conteúdo

É só abrir o livro ou a apostila e a informação está lá. A internet permitiu acesso a inúmeros dados, estudos, estatísticas e qualquer tipo de conteúdo. Mas o bom professor é aquele que transforma toda essa gama de letras e números em conhecimento para cada aluno.

Minha esposa costuma fazer compras toda semana no supermercado. Quando não estou viajando, apresentando palestras pelo Brasil afora, ela me pede que vá em seu lugar. Assim, ela me entrega uma lista com a relação de itens que preciso levar para casa.

Repare que, quando chego ao supermercado, não preciso necessariamente saber todos os produtos, marcas, pesos de cada item que há dentro da loja. Eu me atenho apenas ao mais importante, ou seja, a lista preparada pela minha esposa. E ai de mim se trouxer alguma coisa errada!

Podemos, então, fazer uma analogia entre a lista do supermercado e os tópicos de ensino.

Sabe as informações que estão em uma apostila? Então, a mesma coisa acontece com esse conteúdo a ser ensinado. Nenhum aluno aprenderá 100% do material que o professor vai ensinar ao longo do ano. Então, não seria melhor se concentrar na lista, ou seja, na parte mais importante ou na que mais interessa?

O professor contemporâneo deve atuar como um curador de conteúdo, ou seja, apresentar, selecionar e, sobretudo, enfatizar aos alunos o que é mais essencial de ser ensinado.

Ênfase pedagógica

Ao empregar ênfase pedagógica, os professores utilizam estratégias como repetição, destaque visual, mudança de tom de voz, enfatizando certas palavras ou conceitos-chave e sinalizando para o aluno o tópico mais importante do conteúdo ensinado. O objetivo é direcionar a atenção dos alunos para aquilo que é considerado essencial para o entendimento do assunto, facilitando a assimilação e a retenção do conhecimento.

Essa prática os ajuda a identificar e focar os elementos mais relevantes, proporcionando uma compreensão mais clara e aprofundada do todo. A ênfase pedagógica contribui para a eficácia do ensino, tornando o processo de aprendizagem mais direcionado e impactante.

Certo dia, cheguei em casa bem tarde da noite, vindo de uma cidade distante, após uma palestra. Minha filha Mariana me esperava na mesa da sala com livros e cadernos abertos. Chorando, me disse que a prova era na manhã seguinte e que a matéria para

AULA INTERESSANTE

a verificação escolar estava em 85 páginas da apostila que o professor selecionou para o estudo.

Pedi à Mariana que me mostrasse essas páginas. Depois de dar uma rápida olhada, perguntei a ela: "Filha, são diversos temas, mas de tudo isso que o professor ensinou, o que ele destacou como assuntos mais relevantes?".

"Ele não destacou os pontos mais importantes", ela respondeu, respirando fundo.

Bom, o professor não está aqui para se defender, então não devemos culpá-lo. Mas uma coisa é certa: ==se não sinalizou, deveria ter sinalizado.==

Repare que as crianças e grande parte dos jovens não têm discernimento para guardar todas as informações que foram apresentadas em sala de aula, sejam mais ou menos relevantes. O professor pode e deve ajudar com esse apontamento prioritário e didático.

Vamos supor que na aula de Geografia, um professor esteja ensinando o clima na África, o relevo da Ásia e a vegetação do leste europeu, e então chega o Enem, e cai a pergunta: "Quantos estados tem o Brasil?", e muitos não sabem esse dado básico do próprio país onde vivem. Por vezes gastamos muito tempo com um assunto não tão primordial e não investimos mais atenção num outro mais relevante para o cotidiano dos alunos.

Há quem defenda que todos esses assuntos são importantes. Sim, eu concordo, mas é preciso definir uma prioridade. <u>Se tudo for prioridade, na verdade, nada será priorizado.</u>

Uma aula interessante normalmente termina com o mestre ==enfatizando a parte fundamental==, enaltecendo o mais relevante, circulando ou <u>sublinhando o que de mais essencial foi apresentado</u>. Repare que estamos **fazendo exatamente isso neste livro**. Percebeu as frases em destaque? É porque são as que julgamos mais valiosas.

Uma aula interessante normalmente termina com o mestre enfatizando a parte fundamental, enaltecendo o mais relevante.

@erikpennapalestrante

AULA INTERESSANTE

Na trajetória educacional, um aspecto crucial é a abordagem flexível no ensino dos conteúdos, evitando uma estrutura linear e engessada. Ao contrário da abordagem padrão que sugere a distribuição igualitária do tempo para cada tópico, reconhece-se que nem todos os assuntos têm a mesma complexidade ou impacto. Imagine um cenário em que um professor precisa abordar dez assuntos durante um período de dez semanas de aulas. A metodologia tradicional sugeriria dedicar uma semana para cada tema, mas isso pode ser inadequado.

Na prática, alguns assuntos podem demandar mais tempo e atenção, enquanto outros podem ser compreendidos em menos dias. A chave reside na capacidade do educador de avaliar a necessidade de cada tema, adaptando o tempo conforme a complexidade e a receptividade dos alunos. Por exemplo, ao explorar um conceito matemático desafiador, um professor pode optar por estender o tempo dedicado a ele para garantir a compreensão, enquanto tópicos mais simples podem ser abordados de maneira mais concisa.

Outro exemplo, voltando à disciplina de Geografia: o educador pode reconhecer que saber os estados brasileiros e suas capitais é fundamental, proporcionando uma base sólida para os alunos entenderem a organização do próprio país. Nesse caso, o professor pode decidir dedicar mais tempo a esse tópico, incentivando discussões, atividades práticas e aprofundando o entendimento da diversidade regional no Brasil.

Por outro lado, ao abordar a vegetação em uma região menos crucial, como algumas ilhas da Oceania, o professor pode optar por uma abordagem mais concisa. Essa decisão baseia-se na compreensão de que, embora a diversidade de vegetação seja um tópico interessante, seu impacto no contexto global é menos significativo para os alunos em comparação com o conhecimento detalhado sobre o país em que vivem.

Dessa forma, a abordagem flexível permite a personalização do ensino, priorizando tópicos mais relevantes e fundamentais para uma compreensão sólida da matéria.

==Nunca termine uma aula sem destacar o conteúdo mais relevante.== O educador moderno não age como uma "metralhadora" de assuntos, não confunde qualidade com quantidade. <u>Ele foca a gestão do conhecimento e humaniza a prática pedagógica.</u>

Poder de síntese

O professor contemporâneo também precisa ter poder de síntese. Resumir um conteúdo denso, sintetizando-o em forma de tópicos, resumos, parágrafos ou em alguns exercícios para que o entendimento fique mais fácil, colabora para que a aula seja interessante.

É pertinente lembrar ainda que <u>quantidade não é qualidade</u>, principalmente quando falamos sobre prática pedagógica. Não adianta correr, passar rapidamente pelas páginas, se é na calma e na ênfase que o conteúdo é interiorizado.

É bem verdade que, em alguns casos, o conteúdo a ser ensinado é extenso, e por isso mesmo o poder de sintetizá-lo faz toda a diferença no cronograma. A probabilidade de os alunos aprenderem será bem maior.

Concluí a escrita deste livro aos 51 anos, mas me lembro de quando tinha 17 anos e estava terminando o Ensino Médio no Colégio Henriqueta Vialta Saad, no município de Taubaté, interior de São Paulo. Na época, o professor Carlos, conhecido pelos alunos como "Carlão", ensinava Literatura e, mais do que dar aula, ele fazia um verdadeiro espetáculo do conhecimento. A sua narrativa literária era apaixonante, ele ensinava contando casos divertidos, nos apresentava escritores e poetas com histórias

Nunca termine uma aula sem destacar o conteúdo mais relevante.

@erikpennapalestrante

bem-humoradas. Essa maneira irreverente de passar informações conquistava a atenção e o interesse de todos.

As aulas eram tão interessantes que ninguém queria perder aquele momento. Aglutinavam alunos de outras séries e turmas para assistir ao "espetáculo", vinham alunos até de outras escolas para apreciar e aprender com esse mestre na arte de ensinar, entreter e inspirar.

Ele fez muito sucesso na escola, virou referência para outros colegas, acabou se tornando secretário municipal de Educação do município de Taubaté. E, pode ter certeza, a didática do Carlão de aliar conhecimento e diversão me inspirou muito e contribuiu imensamente para minha carreira. Por intermédio dele (e de outros professores), percebi o quanto as pessoas aprendem sorrindo. Algum tempo depois, passei a apresentar minhas aulas e palestras de maneira alegre e bem-humorada, sempre relacionando um conteúdo sério e importante com algo descontraído ou engraçado.

O professor Carlos revolucionava na hora de abordar a matéria, trazendo para suas aulas uma combinação única de situações envolventes, narrativas divertidas e exemplos engraçados. Ele não apenas compartilhava conhecimento, mas também tinha o dom de sintetizar o conteúdo, tornando-o mais acessível e atrativo para os estudantes. Seu método envolvente não se limitava a entreter; ele visava transformar o aprendizado em uma experiência completa.

Ao explorar situações instigantes, ele ia além de cativar a atenção dos alunos. Era uma maneira de proporcionar a profunda compreensão dos conceitos literários. Ele utilizava a sutileza da síntese para destilar o essencial, tornando a aprendizagem mais fácil e prazerosa. Sua abordagem única refletia a convicção de que o conhecimento poder ser transmitido de modo envolvente, transformando o processo de ensino em algo além de meramente educativo.

AULA INTERESSANTE

Acreditando na sinergia entre entretenimento e aprendizado, o professor Carlos demonstrava que a literatura podia ser explorada de maneira lúdica, transformando o ambiente educacional em um espaço de descoberta e alegria. Assim, suas aulas eram informativas e inspiradoras, destacavam a ideia de que aprender não é apenas um dever, e sim uma jornada repleta de contentamento e satisfação.

O professor deixou um belo exemplo de como é possível unir conhecimento com entretenimento. Aprender pode ser algo divertido e prazeroso.

Avaliação escolar: a prova deve ser um compêndio da aula

Outro aspecto que torna uma aula interessante é ter uma avaliação condizente com o que foi ensinado, repetido e enfatizado em sala de aula. A prova começa, na verdade, quando a aula se inicia. Uma avaliação boa e justa é aquela na qual o professor pergunta sobre os pontos que ele mesmo já havia informado que seriam os assuntos essenciais.

Pense novamente no supermercado. O conteúdo é tudo o que tem dentro da loja, e os pontos mais importantes são os itens da lista de compras. Na hora de construir a prova, não adianta querer avaliar todos os itens em vez de focar as perguntas no que estava na lista de compras.

Uma vez, na sala de professores, a diretora do colégio fez a seguinte pergunta: "<u>Se vocês fizerem uma pergunta na prova e todos os alunos errarem, vocês consideram justo e pertinente anular a questão?</u>".

Depois daquele dia, adotei essa prática nas correções de prova. ==Se ninguém acerta determinada questão, eu assumo que não fiz a pergunta adequada, não expliquei bem ou não me fiz ser entendido naquele conteúdo – e anulo a questão.==

A verificação escolar não pode ser uma surpresa; deve retratar a síntese da aula apresentada. <u>E as notas da prova não refletem apenas o desempenho dos alunos, mas também a competência do professor em orientar o aprendizado.</u>

Quero compartilhar com você uma grande decepção que vivenciei na minha juventude, causada por uma atitude insensível, nada construtiva, tomada por um professor de Biologia. Meu objetivo é que sirva de alerta para o bom professor na hora de avaliar e dar a nota de uma prova, principalmente se a nota for tão decisiva.

Sempre fui um aluno muito estudioso, raramente me ausentava da escola, fazia as tarefas de casa sozinho e, durante vários anos, fui selecionado como o melhor da turma.

Em geral, o dia da formatura é cercado de intensa alegria, repleto de um sentimento de que o esforço valeu a pena, uma sensação maravilhosa por compartilhar a conquista com pessoas queridas. Mas, infelizmente, comigo não foi assim.

Era dezembro, o quarto bimestre estava terminando e eu já havia conseguido quase todas as notas suficientes desde o terceiro bimestre, exceto em Biologia. Eu precisava de uma nota cinco para atingir os vinte e oito pontos que me qualificariam a concluir o então terceiro colegial, atualmente chamado de Ensino Médio. Estudei e fui confiante para a última prova marcada para o início de dezembro. A avaliação de Biologia era dividida em duas provas, de professores diferentes, que valiam cinco cada uma.

Na semana seguinte, recebi as notas. Na prova de um professor, tirei quatro e, com isso, precisava apenas de mais um ponto

AULA INTERESSANTE

na avaliação do outro professor. E foi aí que começou minha decepção. Não acreditei quando vi a minha nota: 0,5. Ou seja, por meio ponto não passei direto e teria que enfrentar a recuperação. Até aí, tudo bem, faz parte.

Fui olhar o calendário da recuperação de Biologia e descobri que a prova havia sido marcada para um dia após a formatura. Eu me dirigi ao professor que me deu nota baixa, com todo o meu histórico escolar, e argumentei tudo isso. Perguntei a ele se poderia rever a nota, considerar meio ponto a mais, ou, ainda, antecipar a prova para que eu pudesse participar da formatura com a nota final decidida. De maneira soberba e autoritária, ele negou veementemente. Disse, inclusive, que aquela nota era construtiva, para eu aprender a estudar.

Sabe qual foi o resultado disso? Imagine a seguinte cena: chegou o dia da formatura, eu estava lá no palco, ao lado dos demais formandos. O teatro da cidade totalmente lotado de amigos e familiares. Ao final da cerimônia, o diretor entregou um canudo com o diploma para cada aluno, que deveriam ser entregue aos pais que os esperavam na descida da escada do palco. Esse era o auge da cerimônia, a alegria dos alunos e o entusiasmo dos pais eram marcantes e fascinantes. Chegou a minha vez, chamaram meu nome, o diretor entregou um canudo lacrado e eu fui ao encontro da minha família e entreguei o objeto ao meu pai, meu eterno herói. Ele abriu e, para sua surpresa, encontrou apenas uma folha de sulfite em branco, em vez do certificado de conclusão e do histórico escolar. O olhar dos meus pais falou tudo e, enquanto todos sorriam e comemoravam, fui embora para casa deprimido e chorando por não ter conseguido celebrar a vitória naquele momento. Foi um dia triste e lamentável.

Dias depois, fiz a prova e consegui a nota para me qualificar. Mas já não havia clima nem festa de comemoração, só frustração.

As notas da prova não refletem apenas o desempenho dos alunos, mas também a competência do professor em orientar o aprendizado.

@erikpennapalestrante

AULA INTERESSANTE

Fiquei por muito tempo pensando no peso daquela nota, na atitude lastimável daquele professor. Será que foi mesmo uma situação tão construtiva e estimulante como ele argumentou? Uma postura extremamente inflexível por parte do professor educa ou traumatiza? Hoje, posso afirmar que esqueci quase tudo que esse professor me ensinou, mas jamais vou me esquecer de como ele me fez sentir no dia da minha formatura.

Isso ocorreu há mais de trinta anos, e eu posso definir essa situação traumática com uma frase do Carl W. Buehner: "As pessoas esquecerão o que você disse, as pessoas esquecerão o que você fez. Mas elas nunca esquecerão como você as fez sentir".[41]

Por isso, reforço a importância da atuação dos professores na vida dos alunos, que pode deixar bons ou maus exemplos de acordo com as condutas adotadas.

Uma atitude condenável como educador é utilizar a nota da prova como uma espécie de castigo, retaliação ou revide de alguma grosseria ou falta de interesse e atenção por parte do aluno. Se o professor fizer isso, não será lembrado como um grande líder acadêmico.

Por sinal, ao explorarmos o papel fundamental do educador como líder, é essencial considerar a forma como essa liderança se manifesta no contexto da sala de aula. O educador não é apenas um transmissor de conhecimento; é um facilitador do processo de aprendizagem, influenciando não apenas o entendimento do conteúdo, mas também a maneira como os alunos se relacionam com a educação. Nas palavras de Napoleão Bonaparte, "um líder é um vendedor de esperança",[42] e, no âmbito educacional, essa

---

[41] BUEHNER, C. As pessoas esquecerão o que você... Carl W. Buehner. **Pensador**. Disponível em: https://www.pensador.com/frase/MTAzMjk1MQ/. Acesso em: 9 jan. 2024.

[42] BONAPARTE, N. Um líder é um vendedor de esperança. Napoleão Bonaparte. **Pensador**. Disponível em: https://www.pensador.com/frase/MTU0NTM/. Acesso em: 29 jan. 2024.

esperança se traduz na oportunidade de experiências de aprendizado significativas.

==Um grande líder é aquele que dá o exemplo, que inspira, que transforma pessoas e resultados.== Liderar é cuidar, inspirar e apoiar o outro. E educar também é cuidar, inspirar e apoiar o outro.

Portanto, uma aula interessante deve culminar com uma avaliação sem surpresas, além de condizente com o que foi ensinado e enfatizado anteriormente.

E a importância de apresentar aulas interessantes vai além da simples entrega de informações. Uma aula envolvente capta a atenção dos alunos e os inspira, estimula a curiosidade, cria um ambiente propício para a absorção do conhecimento. Quando um educador utiliza métodos pedagógicos criativos, casos instigantes e abordagens inovadoras, ele torna o processo de aprendizagem mais dinâmico e estimulante, enquanto faz o seu trabalho de ensinar.

Ao apresentar uma aula interessante, cativante e envolvente, o educador facilita a compreensão dos conteúdos e, ademais, promove um ambiente no qual os alunos se sentem mais confiantes e preparados para enfrentar as avaliações. A ausência de sustos e surpresas nas provas resulta da consistência entre a abordagem do educador em sala de aula e o formato das avaliações.

A conexão entre uma aula interessante e um ambiente de avaliação previsível e equitativo é crucial para o sucesso do processo educacional. O educador, ao adotar estratégias que tornam a aprendizagem envolvente, constrói a confiança dos alunos e os prepara para enfrentar as provas com segurança e comprometimento. A liderança do educador transcende a simples transmissão de conhecimento; ela molda a experiência educacional de maneira abrangente, influenciando a percepção dos alunos sobre o aprendizado e sobre as avaliações.

Um grande líder
é aquele que
dá o exemplo,
que inspira,
que transforma
pessoas
e resultados.

@erikpennapalestrante

capítulo 5
Aula interativa

O **professor de alta performance sabe que é preciso lapidar a prática pedagógica constantemente para não correr o risco de se tornar ultrapassado. E a chave para uma aula interativa é manter os alunos participativos e atentos no processo.** Adaptar suas estratégias de ensino às necessidades e aos estilos de aprendizado dos estudantes é essencial para promover uma experiência envolvente.

A sala de aula antiga é aquela na qual apenas o professor fala e os alunos dormem. Celso Antunes, no livro *Professores e professauros*, afirma com propriedade que **"o ensino do passado aplaudia o silêncio e a imobilidade do aluno e a sapiência do mestre"**.[43]

Em tempos de crianças e jovens cada vez mais envolvidos com aparelhos eletrônicos e modernos, é fundamental tornar o aluno um agente protagonista no processo educacional. Além do conteúdo, é preciso uma maneira diferenciada e atraente para entreter e ganhar a atenção dos discentes, afinal, **quando os olhos param, a aprendizagem começa.**

---

43 ANTUNES, C. **Professores e professauros**: reflexões sobre a aula e práticas pedagógicas diversas. Petrópolis: Vozes, 2014.

Algumas práticas na arte de ensinar contribuem para que o aluno interaja mais com a aula e participe ativamente do processo ensino-aprendizagem. Vamos conversar sobre elas a seguir.

Oratória e "escutatória"

Além de falar, o professor deve escutar. Rubem Alves, já mencionado aqui anteriormente, foi um renomado escritor brasileiro que contribuiu com muitos ensinamentos sobre a vida e a escola. E lição que eu levo sempre em minha profissão veio de um texto escrito por ele, chamado **Escutatória**. No conteúdo, através de um neologismo a partir da palavra oratória, ele falou sobre a importância de aprender a ouvir.[44]

A escuta é uma habilidade essencial para os professores que almejam atuar com excelência, pois influencia diretamente a qualidade do ensino, favorece a compreensão dos alunos, auxilia na adaptação do método de ensino, colabora na resolução de conflitos, ajuda a construir relacionamentos positivos com os alunos e contribui para a criação de um ambiente inclusivo.

E muitas vezes a escuta ativa advém de uma pergunta. O já citado Doug Lemov, no livro *Aula nota 10*, ensina como utilizar perguntas para tornar a aula mais interativa. Uma dica de ouro é: antes de transmitir um conteúdo importante, o professor pode avisar que, logo após a explicação, fará uma pergunta para algum aluno, dizendo algo do tipo: **"Prestem atenção no que vou explicar, pois, na sequência, vou escolher três alunos para responderem a uma pergunta a respeito desse assunto"**.[45]

---

[44] ENTENDA o que é escutatória e as lições que esse conceito pode ensinar. **Editora Global Partners**, *[s.d.]*. Disponível em: https://editoragp.com.br/?p=2242. Acesso em: 29 jan. 2024.

[45] LEMOV, D. *op. cit.*

O receio de ser questionado e passar vergonha por não saber a resposta costuma deixar o aluno mais atento e interessado na abordagem do educador.

Em 2003, fiz um brilhante curso de expressão verbal com o professor e grande comunicador Reinaldo Polito. Aprendi muito sobre a arte de se comunicar e compartilho algumas dessas valiosas dicas de oratória que utilizo para manter os alunos antenados:[46]

- **Varie o tom de voz:** ora mais baixo, ora mais alto, mais rápido ou pausado. Assim os alunos não se cansam e prestam atenção na sua fala e no conteúdo.
- **Inicie a fala pelo que é mais fácil para você:** isso serve como aquecimento para quem transmite a mensagem e melhor compreensão para quem escuta.
- **Use o bom humor com moderação:** em geral, as pessoas gostam de certa descontração, mas sem exageros. Cuidado com determinadas brincadeiras, piadas ou palavrões.
- **Beba bastante água durante a fala**: isso vai manter a sua voz nítida e agradável.
- **Encerre com chave de ouro**: toda apresentação deve ter início, meio e fim, e o encerramento deve ser a parte mais impactante para conquistar, assim, a aprovação desejada e deixar um gostinho de quero mais.
- **Fale com emoção e paixão**: assim contagiará a turma com sua energia e vibração.

Em resumo, treine a oratória, mas também pratique a escutatória.

---

[46] POLITO, R. Dicas para falar melhor. **Reinaldo Polito**, 23 mar. 2018. Disponível em: https://reinaldopolito.com.br/dicas-para-falar-melhor/. Acesso em: 29 jan. 2024.

Ferramentas para interagir e divertir

Uma aula tende a ficar mais interativa quando o professor faz uso de elementos que favoreçam a integração e maior participação dos alunos, modificando a maneira arcaica em que somente o docente atua. Tornando a aula interativa, o momento de aprendizagem sai do comum, transita do trivial para o sensacional.

A seguir, apresento alguns elementos que vão transformar o aluno em um agente ativo no processo educativo.

Atividades icebreaker

Incluir atividades "quebradoras de gelo" no início do ano ou de cada aula ajuda os alunos a se conhecerem melhor e promove um ambiente mais descontraído.

Storytelling

Se deseja ser lembrado, seja um contador de histórias. O maior professor de todos os tempos, Jesus Cristo, ensinava por meio de parábolas. A teoria muitos podem esquecer, no entanto, exemplos, metáforas, casos e histórias permanecem na mente das pessoas por muito mais tempo, principalmente se forem bem contados e pertinentes ao assunto abordado.

Uma história bem contada na sala de aula possui o incrível poder de transformar a experiência de aprendizado dos alunos. Ao introduzir um conceito por meio de uma narrativa cativante, ela envolve emocionalmente os estudantes, conectando-os de maneira pessoal e profunda com o conteúdo. Por intermédio de personagens, situações e dilemas, os alunos conseguem contextualizar e visualizar conceitos abstratos, tornando o acesso ao conhecimento mais tangível.

Além disso, uma história instiga a curiosidade, desperta o interesse e cria uma atmosfera de envolvimento ativo. Os alunos podem se tornar parte da jornada narrativa. As lições implícitas, as emoções despertadas e a capacidade de transmitir significados mais profundos contribuem para melhor retenção do conteúdo, deixando uma marca indelével na memória dos alunos. Esses jovens se lembrarão não apenas dos fatos ensinados, mas das experiências emocionais associadas a eles. Assim, uma história na sala de aula ensina, inspira, transforma e torna a aula uma experiência verdadeiramente inesquecível, deixando um legado duradouro no percurso educacional dos estudantes.

Tecnologia

A tecnologia pode ser uma grande aliada na prática pedagógica, e isso acontece quando ela é utilizada para aproximar pessoas. Vale a pena planejar alguns conteúdos para serem apresentados usando recursos audiovisuais, propiciando uma didática moderna, que cativa, envolve e até emociona os participantes.

Algumas ideias interessantes para utilizar a tecnologia a favor do processo ensino-aprendizagem são:

- Criar um **blog ou fórum** para a turma promover discussões e colaborações entre si, permitindo que expressem suas opiniões e debatam ideias;

Quando os olhos param, a aprendizagem começa.

@erikpennapalestrante

- Utilizar **aplicativos que ofereçam jogos educativos**, simulações e exercícios interativos que os alunos podem acessar em dispositivos móveis;
- Convidar especialistas ou outros educadores para **aulas virtuais** para enriquecer o conteúdo e proporcionar perspectivas diferentes.

Músicas

A música pode ser uma ferramenta poderosa para tornar as aulas mais interativas. Listo a seguir algumas maneiras de integrar a música para atingir o objetivo de criar aulas 3is:

- *Introdução de tema:* use uma música relacionada ao assunto da aula para criar um clima e despertar o interesse dos alunos;
- *Criação de um ambiente:* utilize canções suaves para criar um ambiente propício à concentração durante atividades individuais ou de reflexão;
- *Compreensão do material de leitura:* use letras de músicas em exercícios de leitura para praticar vocabulário, compreensão auditiva e interpretação de texto;
- *Análise de figuras de linguagem:* explore metáforas, metonímias, entre outros recursos presentes nas letras;
- *Criatividade com paródias:* desafie os alunos a criar paródias com o conteúdo educacional, reescrevendo letras de músicas populares para refletir conceitos aprendidos na aula;
- *Expressão através da composição:* incentive os alunos a criar músicas sobre os temas estudados;

- *Música como ferramenta cultural:* explore músicas de diferentes culturas para ampliar o entendimento dos alunos sobre a diversidade cultural;
- *Aprendizado de idiomas:* utilize músicas no idioma que está sendo ensinado para praticar pronúncia, aumentar o vocabulário e testar a compreensão auditiva;
- *Melodias para memorização:* crie músicas ou ritmos simples para ajudar os alunos a fixarem informações, como fórmulas matemáticas, datas históricas, entre outros conteúdos;
- *Atividades de escuta ativa:* proponha exercícios práticos em que os alunos identifiquem palavras-chave, interpretem significados ou traduzam trechos de músicas em outro idioma.

Ao incorporar músicas na sala de aula, é importante adaptar as atividades ao nível de conhecimento e interesse dos alunos, tornando a experiência divertida, interativa e educativa ao mesmo tempo. Em caso de alunos com deficiência auditiva, também deve se considerar um modo de incluí-los.

Vídeos ou filmes

Usar vídeos e filmes como recursos educacionais pode enriquecer significativamente o processo de aprendizagem. Aqui estão algumas maneiras de incorporá-los às aulas:

- *Contextualização e motivação:* use vídeos para introduzir um tema ou conceito, despertando o interesse dos alunos e contextualizando o assunto a ser estudado;

- *Explanação visual:* utilize vídeos para complementar explicações, com demonstrações práticas ou visualizações que ajudem os jovens a compreender o conteúdo;
- *Documentários e filmes educativos:* recorra a produções que abordem assuntos pertinentes ao conteúdo da aula para ampliar o entendimento dos alunos;
- *Debate e análise:* após a exibição, promova discussões em sala de aula para analisar e interpretar o que foi apresentado no vídeo, incentivando o pensamento crítico;
- *Realidade comparada:* utilize vídeos que mostrem diferentes perspectivas sobre um mesmo tema para enriquecer as discussões e estimular a reflexão nos alunos;
- *Questionários ou atividades:* crie exercícios de compreensão, como questionários ou tarefas escritas, baseadas no conteúdo do vídeo para avaliar o que os alunos entenderam do conteúdo audiovisual;
- *Resumo e síntese:* peça aos alunos que façam um resumo do vídeo, destacando os pontos principais e sua relevância para o tema abordado;
- *Análise de linguagem e técnica:* utilize vídeos que exemplifiquem técnicas específicas (como linguagem cinematográfica, edição de vídeo) para explorar habilidades relacionadas à produção audiovisual;
- *Produção de vídeos pelos alunos:* promova atividades em que os alunos criem seus próprios vídeos educativos sobre o tema estudado, estimulando a criatividade e a pesquisa.

Certifique-se de escolher vídeos e filmes adequados à faixa etária da turma, considerando também a duração e a relevância para o conteúdo a ser ensinado. Além disso, esteja preparado para liderar discussões e atividades que possam surgir a partir do material apresentado.

Jogos

Um jogo é capaz de conectar emocionalmente as pessoas. Assim, são uma ferramenta pedagógica poderosa, uma vez que envolvem os alunos de modo ativo e lúdico. A seguir, sugiro algumas maneiras de integrar os jogos na prática pedagógica.

Reforço de conteúdo

Jogos de perguntas e respostas: crie *quizzes* ou trivias relacionados ao conteúdo estudado para testar conhecimentos e reforçar conceitos. Por exemplo, um jogo chamado **Corpo humano** é espetacular para trabalhar o conteúdo de Ciências.

- Nome: Corpo humano
- Marca: Pais & Filhos
- Material: plástico
- Tema: saúde, biologia, ciências
- Gênero: educacional, quebra-cabeça

Jogos de tabuleiro ou cartas personalizados: desenvolva jogos temáticos que abordem os tópicos específicos da matéria, incentivando a participação e a competição saudável entre os alunos. **War**, um jogo da Grow, por exemplo, é fantástico para promover interação e fixação de conteúdo em uma aula de Geografia – aliás, arrisco dizer que foi por meio desse jogo que aprendi a localização dos países bem como a distribuição dos seis continentes no globo terrestre.

- Nome: War
- Marca: Grow
- Materiais: papel, papel-cartão, polietileno e poliestireno.
- Tema: mapa-múndi, batalhas por territórios
- Gênero: ação, faz de conta

Desenvolvimento de habilidades

Jogos de raciocínio lógico: utilize quebra-cabeças, jogos de estratégia ou enigmas para desenvolver habilidades de resolução de problemas e pensamento crítico.

Simulações ou role-playing: promova atividades em que os alunos representem papéis ou encenem situações reais para aprender de maneira prática.

Práticas da comunicação

Jogos de vocabulário: crie jogos que ajudem os alunos a praticar vocabulário, pronúncia em um idioma estrangeiro ou a comunicação não verbal de modo divertido e interativo. Se a aula for de Língua Portuguesa, por exemplo, o jogo **Imagem e ação**, da Grow, é espetacular para todos esses afins, além de ajudar na desinibição, pois o participante, através da mímica, precisa fazer o seu grupo descobrir uma palavra. Confesso que esse é o meu jogo preferido, tanto para brincar em casa com minhas filhas, esposa e amigos, como também para aplicar em algumas aulas e palestras.

- Nome: Imagem e ação
- Marca: Grow
- Material: plástico

Tornando a aula interativa, o momento de aprendizagem sai do comum, transita do trivial para o sensacional.

@erikpennapalestrante

- Tema: curiosidades, conhecimentos gerais
- Gênero: perguntas e respostas, adivinhação

Estímulo à criatividade e colaboração

Jogos de criação e design: incentive os alunos a criar jogos, histórias ou projetos colaborativos que estejam relacionados ao conteúdo estudado, estimulando a criatividade e a cooperação.

Gamificação da aprendizagem: integre elementos de jogos (pontuação, recompensas, níveis) ao currículo para tornar as atividades mais envolventes e motivadoras.

Educação social e emocional

Jogos de cooperação e empatia: utilize jogos que promovam a cooperação, a resolução de conflitos e a compreensão emocional entre os alunos.

Repare que você pode utilizar jogos prontos, comercializados no mercado, mas também pode criar os próprios em sala de aula, como forma para revisar um conteúdo. Em *Professor, não deixe a peteca cair*, Simão de Miranda apresenta várias opções bem interessantes, como o jogo **Batalha naval**: usando apenas caneta e cartolina, os alunos criam perguntas e as respondem. Assim, ao mesmo tempo que se divertem, ensinam uns aos outros.[47]

Ao utilizar jogos na prática pedagógica, é importante adaptar as atividades ao contexto, à idade e aos interesses dos alunos, garantindo que sejam desafiadoras e adequadas ao objetivo educacional proposto. Além disso, é essencial promover um ambiente

---

[47] DE MIRANDA, S. **Professor, não deixe a peteca cair**. Campinas: Papirus, 2014. p. 47.

onde os jogos sejam vistos como uma ferramenta de aprendizagem eficaz e não apenas como entretenimento ou competição.

Dinâmicas

As dinâmicas em sala de aula têm papel crucial no processo educacional. São ferramentas poderosas para tornar o ambiente de aprendizagem mais participativo, envolvente e eficaz. A seguir, listei alguns benefícios de utilizar dinâmicas.

- *Estímulo à participação ativa:* as dinâmicas incentivam os alunos a se engajarem ativamente nas atividades, aumentando a motivação para aprender;
- *Variedade e diversão:* elas quebram a rotina da sala de aula, tornando o aprendizado mais divertido e interessante;
- *Aprendizado prático:* as dinâmicas ajudam os alunos a compreender conceitos de maneira mais tangível e significativa;
- *Fixação de conteúdo:* elas contribuem para a retenção do conteúdo por meio da vivência, o que pode facilitar a memorização das informações;
- *Trabalho em equipe:* muitas dinâmicas promovem a colaboração entre os alunos, desenvolvendo habilidades sociais de trabalho em equipe, comunicação e cooperação;
- *Empatia e compreensão:* algumas dinâmicas ajudam a promover a compreensão emocional, a empatia e a resolução de conflitos;
- *Resolução de problemas:* as dinâmicas desafiam os alunos a pensar criticamente e a encontrar soluções para problemas, estimulando o raciocínio lógico;

AULA INTERATIVA

- *Incentivo à imaginação:* muitas dinâmicas incentivam a criatividade e a busca por soluções inovadoras para desafios propostos;
- *Fortalecimento de vínculo:* elas contribuem para criar um ambiente mais positivo e acolhedor, fortalecendo os laços entre os alunos e o professor;
- *Quebra de barreiras:* dinâmicas podem ajudar a diminuir barreiras sociais e culturais, promovendo a inclusão, o respeito mútuo e a construção de relacionamentos;
- *Avaliação formativa:* elas permitem ao professor observar o desempenho dos alunos, identificando suas habilidades e necessidades de aprendizado de maneira mais dinâmica.

Se a aula é de Matemática, por exemplo, uma ideia é fazer a dinâmica dos múltiplos. Nela, a turma precisa contar até 100, e cada aluno deve dizer o número consecutivo. Porém, quando for múltiplo de 3, o participante deve substituir o número correspondente pela letra "A". Se quiser dificultar, além do múltiplo de 3, quando for múltiplo de 5 a criança deve falar "B". Ficando: 1, 2, A, 4, B, A, 7, 8, A, B, 11... e assim por diante. **Pode apostar que será um momento descontraído em que os alunos aprenderão enquanto brincam!**

As dinâmicas dão um toque especial, mas lembre-se de observar o tempo disponível e o número de pessoas participantes para que tenha êxito no uso da ferramenta. Além disso, conclua o ensinamento com uma justificativa do uso da dinâmica.

Percebeu como as dinâmicas em sala de aula são essenciais? Elas criam um ambiente de aprendizagem mais dinâmico e inclusivo, em que os alunos se sentem motivados a participar ativamente e a aprimorar suas habilidades além do conhecimento teórico.

A pirâmide da aprendizagem

O profissional da educação polivalente que costuma se destacar dos demais já descobriu que, além de ensinar, é fundamental entender como as pessoas aprendem. E se alguém ainda tem dúvidas sobre os benefícios de uma metodologia ativa e das aulas interativas para melhor aproveitamento estudantil, vale a pena conhecer a pirâmide da aprendizagem.

Conforme a ilustração a seguir, a retenção do conteúdo geralmente ocorre assim: 10% ao ler, 20% ao ouvir, 30% ao observar, 50% ao ver e ouvir, 70% ao debater com colegas, 80% ao praticar e 90% ao ensinar outras pessoas.[48]

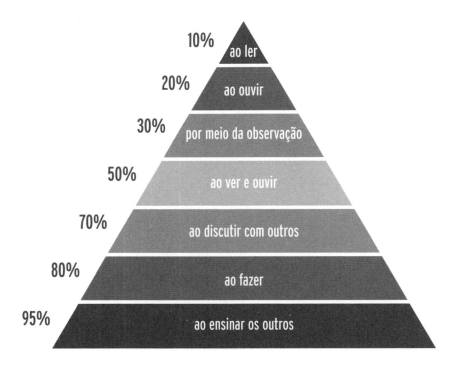

---

48 CAMARGO, F.; DAROS, T. **A sala de aula inovadora**: estratégias pedagógicas para fomentar o aprendizado ativo. Porto Alegre: Penso, 2018. p. 17.

Antes de entender a pirâmide de aprendizagem, é preciso conhecer o responsável pela criação e popularização do modelo. Esse conceito foi criado pelo psiquiatra estadunidense William Glasser, que possui uma trajetória profissional bem interessante. Ao contrário do que muitos pensam, sua formação inicial não foi focada em estudos educacionais. O pesquisador estudou Engenharia Química na Case Western Reserve University, em Cleveland. Com o tempo, Glasser se tornou notável por seus estudos em saúde mental e comportamento humano, sendo responsável pela criação da Teoria da Escolha, na qual advoga a ideia de que as pessoas devem ter controle sobre suas ações. Quando aplicada na educação, a teoria defende que os professores atuem como guias, não como "chefes", encorajando uma postura ativa no aprendizado para que os aprendizes se tornem críticos, participativos e protagonistas.[49, 50, 51]

Vale destacar que a precisão dos números e a própria pirâmide são temas de debate e que alguns educadores a questionam. Esse tema suscita controvérsias, pois a pirâmide sofreu adaptações ao longo do tempo. Tal conceito teve suas raízes quando o professor estadunidense Edgar Dale o aplicou, inicialmente denominado como cone da experiência em 1946, abrangendo várias atividades ligadas ao processo de ensino-aprendizagem. A intenção original era demonstrar que a leitura e a escrita, métodos tradicionais de

---

[49] PIRÂMIDE de aprendizagem de Willian Glasser. **CER**, 29 set. 2022. Disponível em: https://cer.sebrae.com.br/blog/piramide-de-aprendizagem-de-willian-glasser/. Acesso em: 9 jan. 2024.

[50] DA CONCEIÇÃO, J. M. Pirâmide de aprendizagem: você sabe o que é e qual a sua proposta? **Plantar Educação**, 2024. Disponível em: https://www.plantareducacao.com.br/piramide-de-aprendizagem/. Acesso em: 9 jan. 2024.

[51] ENTENDA a pirâmide da aprendizagem de William Glasser. **Saraiva Educação**, 3 out. 2022. Disponível em: https://blog.saraivaeducacao.com.br/piramide-da-aprendizagem/. Acesso em: 9 jan. 2024.

ensino, não eram os únicos responsáveis pela aprendizagem. Assim, foi possível propor abordagens mais eficientes.[52]

De qualquer modo, é simpática e bem-vinda a reflexão sobre as vantagens da metodologia ativa, podendo nos levar a um proveitoso replanejamento das aulas ao analisar como os alunos costumam aprender com mais facilidade. Aqui, inclusive, cabe lembrar uma frase atribuída a Benjamim Franklin: "Quem falha em planejar, está planejando falhar".[53] Uma aula bem planejada e interativa tende a ser bem mais proveitosa e efetiva.

Educação que transforma

O professor deve ser um agente da esperança. Afinal, sem sonhos o aprendizado fica sem sentido.

Já ouvi de muitos educadores que **um dos maiores sonhos de um professor é ver o sonho de um aluno realizado**. Fui, então, pesquisar sobre os desejos dos brasileiros. A resposta que encontrei foi: uma grande parte deseja empreender. Sim, ter o próprio negócio é o segundo maior sonho do brasileiro.

De acordo com o relatório da Global Entrepreneurship Monitor (GEM) 2022, realizado pelo Serviço Brasileiro de Apoio às Micro e Pequenas Empresas (Sebrae) e pela Associação Nacional de Estudos em Empreendedorismo e Gestão de Pequenas Empresas (Anegepe), 60% dos entrevistados citaram ter uma empresa como um dos maiores desejos.[54]

---

[52] ENTENDA. *op. cit.*

[53] SE VOCÊ falha em planejar, está planejando falhar. **Pensador**. Disponível em: https://www.pensador.com/frase/NTUzODEx/. Acesso em: 9 jan. 2024.

[54] SONHO empreendedor: seis em cada 10 brasileiros querem ter o próprio negócio, mostra pesquisa. **Exame**, 13 maio 2023. Disponível em: https://exame.com/negocios/seis-em-cada-10-brasileiros-querem-ter-proprio-negocio/. Acesso em: 9 jan. 2024.

AULA INTERATIVA

==Mas o que acontece quando o jovem aluno cresce e abre o seu negócio?== Bem, de acordo com dados do Instituto Brasileiro de Geografia e Estatística (IBGE), de cada dez negócios abertos no Brasil, seis fecham antes de completar cinco anos, ou seja, para 60% das pessoas, ==o sonho tem virado um pesadelo.== E um dos principais motivos é justamente a falta de conhecimento sobre gestão, finanças, vendas e empreendedorismo.[55]

Mas o que um educador pode fazer para tornar sua aula mais fascinante, interativa e, ao mesmo tempo, corroborar para que o sonho de tantos alunos possa se tornar realidade no futuro?

A resposta pode estar no Sebrae, mais especificamente no Programa Nacional de Educação Empreendedora (PNEE) desenvolvido pelo órgão. Nele, a entidade capacita, apresenta ideias, conteúdos com ferramentas práticas para que o professor seja capaz de colaborar para uma trajetória vencedora na fase adulta dos alunos – e, ainda, tornar a sua aula mais interessante, interativa e inesquecível.

Sou parceiro do Sebrae nessa missão de capacitar profissionais da educação, mostrando a importância da disciplina Empreendedorismo no ambiente escolar. Em 2023, conversei com a Luana Carulla, então coordenadora nacional da Educação Empreendedora Sebrae, e ela me disse que a instituição entende que a educação empreendedora é um dos mecanismos de transformação mais importantes da cultura de um país e, consequentemente, do mundo do conhecimento e do trabalho. Assim, o Sebrae tem contribuído cada vez mais, em conjunto com estados e municípios, no apoio à implementação de currículos e desenvolvendo conteúdos alinhados à Base Nacional Comum

---

[55] PERET, E. Seis em cada dez empresas abertas em 2012 encerraram atividades em cinco anos. **Agência de Notícias IBGE**, 25 out. 2019. Disponível em: https://agenciadenoticias.ibge.gov.br/agencia-noticias/2012-agencia-de-noticias/noticias/25739-seis-em-cada-dez--empresas-abertas-em-2012-encerraram-atividades-em-cinco-anos. Acesso em: 9 jan. 2024.

O professor deve ser um agente da esperança. Afinal, sem sonhos o aprendizado fica sem sentido.

@erikpennapalestrante

Curricular (BNCC) no que diz respeito à educação empreendedora, sendo um marco que oportuniza a vivência do empreendedorismo na educação.

A abordagem do empreendedorismo nas escolas, na perspectiva do empreender para a vida, desenvolve comportamentos e habilidades que formam o cidadão para o mundo coletivo, para a resolução de problemas e para que sejam protagonistas, tanto na própria vida quanto no ambiente ao seu redor.

Acesse o QR Code a seguir e conheça muitas outras histórias reais e transformadoras oriundas do programa Educação que Transforma, capitaneado pelo Sebrae.

Desenvolver conteúdos nesse sentido faz com que o aprendizado em sala de aula tenha cada vez mais significado e conexão com a realidade, impactando, inclusive, índices educacionais, como evasão escolar, melhoria de notas e de resultados.

Portanto, educador, busque conhecer as soluções educacionais da educação empreendedora do Sebrae. Saiba como são abordadas na perspectiva prática e vivencial, por meio de atividades que promovem a formação contínua de professores, especialmente no que se refere a práticas inovadoras na sala de aula, e ampliam as possibilidades de atuação docente sobre temas para além do empreendedorismo. Afinal, a educação empreendedora é transversal a diferentes conteúdos, que, quando conectados à realidade dos alunos, conferem significado ao que é aprendido.

Conhecer esse programa do Sebrae não é um "trabalho a mais" nem tem relação com ensinar outra disciplina além da sua. Trata-se de saber utilizar o empreendedorismo dentro da própria matéria que você já leciona, tornando a prática docente mais criativa, animada e engajadora.

Em 2023, conversei com o Emerson Pinduka, então gerente da unidade de articulação do Sebrae Rondônia. Ele me disse que prefere até nem usar a expressão "empreendedorismo na escola", mas, sim, afirmar que são ações de fomento ao desenvolvimento de competências comportamentais. Outra opção é até mesmo chamar de *educação transformadora*, já que é a atitude que faz a diferença, seja para abrir um negócio, seja para ser o melhor colaborador de uma empresa, seja para se tornar um grande líder de uma organização.

Pinduka ainda me contou que, na região do Baixo Madeira, em Porto Velho, um aluno do Fundamental I participou do programa Jovens Empreendedores Primeiros Passos (JEPP) e começou a confeccionar brinquedos a partir de materiais recicláveis. Ao final, pai e mãe também estavam participando da iniciativa que virou o ganha-pão da família, que passava por privações até então.

Outro caso transformador foi o da Ana Laura Basso Royer. Ela atuava na área da educação e já estava profundamente desmotivada com o cenário na Escola Municipal Tenente Melo, localizada na zona rural de Vilhena, em Rondônia. Em 2018, ela resolveu fazer um curso de empreendedorismo no Sebrae para poder montar uma lanchonete e deixar a atividade docente. Mas o conteúdo foi tão estimulante que ela o levou para a lanchonete e para o ambiente escolar. Deu tão certo que, com o tempo, a professora Ana Laura virou diretora, montou em 2018 um grupo de liderança juvenil na escola rural multisseriada, onde a maioria dos alunos estava em situação de risco e vulnerabilidade.

Juntos, desenvolveram e apresentaram um projeto ao Tribunal Regional do Trabalho. A iniciativa lhes conferiu recursos financeiros para, em sete meses, construírem uma nova escola, com biblioteca, computadores e impressora 3D. O projeto denominado Ler o Mundo, Escrever Uma Nova História virou um *case* de sucesso. Em pouco tempo, os alunos reduziram a indisciplina na escola, progrediram sensivelmente nos estudos e ainda se tornaram referência em campeonatos de karatê e xadrez em Rondônia.

Essa espetacular atitude da educadora Ana Laura desabrochou após ela ter acesso a um conteúdo sobre empreendedorismo. A partir daí, professores e alunos se tornaram verdadeiros agentes de transformação naquela comunidade rural a 70 km da área urbana.[56,57]

Eu peguei o telefone, liguei pra Ana Laura e ela resumiu tudo isso em uma frase: **"Eu não trabalho para a escola, eu trabalho para Deus"**.

Voltando ao Pinduka, ele defende que a metodologia da educação empreendedora, ou melhor, da **educação transformadora**, possibilita o desenvolvimento da metodologia Ciclo de Aprendizado Vivencial (CAV), que é o que usamos na vida e na tomada de decisões. Afinal, precisamos **saber** por que é preciso **conhecer** certas coisas, qual utilidade terão; é preciso **saber fazer**, para um melhor aproveitamento; é preciso **saber conviver**

---

[56] PROFESSORA de Vilhena recebe prêmio Sebrae de Educação Empreendedora na capital. **Vilhena Prefeitura Municipal**, 12 jun. 2019. Disponível em: https://www.vilhena.ro.gov.br/index.php?sessao=b054603368vfb0&id=1393594. Acesso em: 12 fev. 2024.

[57] Assista ao vídeo para uma experiência imersiva: https://www.facebook.com/100003721987295/videos/1689950404472343/?mibextid=rS40aB7S9Ucbxw6v.

com as adversidades e transpô-las; e, então, **saber ser** um ser humano melhor, para a construção de uma sociedade melhor.

É importante ressaltar que, em um mundo altamente conectado e com ambientes escolares repletos de estímulos, a aula interativa coloca o aluno no centro do processo de ensino-aprendizagem. Ao participar e interagir, ele compartilha algo precioso na prática pedagógica: sua atenção, confiando-a tanto ao professor quanto aos colegas.

Treine a oratória, mas também pratique a escutatória.

@erikpennapalestrante

capítulo 6
Aula inesquecível

A aula inesquecível é aquela que mexe com as nossas emoções, que vai além da transmissão de conhecimento, que marca os alunos de maneira profunda e duradoura.

O quadrinho Minduim brincava em uma tirinha, dizendo: "A diferença entre alunos A e alunos F é que os alunos A esquecem a matéria cinco minutos depois do teste; e os alunos F, cinco minutos antes".[58]

Então, chega de aulas nas quais os professores apresentam um monólogo enquanto os alunos dormem. Chega de aulas chatas e decorebas. A aula contemporânea é aquela que se conecta emocionalmente com o aluno, é aquela que se torna inesquecível.

Uma aula para sempre!

Já ouviu falar da dinâmica "o aluno corrige"? Participei dela há mais de trinta e cinco anos e me lembro da experiência como se fosse ontem.

---

[58] GLASSER, W. **Teoria da escolha**: uma nova psicologia de liberdade. São Paulo: Mercuryo Jovem, 2001. p. 216.

Certa vez, José Maria, o professor de Matemática, um educador querido e respeitado por seus alunos na escola Henriqueta Vialta Saad, em Taubaté, onde eu cursava o Ensino Médio, deu uma das maiores lições da minha vida. Ele era conhecido por sua paixão pelo ensino e seu compromisso com a ética e a honestidade.

Certo dia, após uma série de provas, esse profissional, com um semblante sereno, chegou à sala e começou a aula sem mencionar nada sobre as avaliações já corrigidas. Dirigiu-se à lousa e resolveu, passo a passo, cada um dos exercícios da prova, explicando meticulosamente cada resposta correta. Depois, distribuiu as provas aos alunos e, de modo inesperado, em vez de ele mesmo revelar as notas, pediu a cada um que verificasse a própria avaliação e anotasse a pontuação na folha de rosto. Com a liberdade de corrigir as provas, alguns alunos (como eu) decidiram mudar as respostas incorretas para as corretas, melhorando a nota.

Ao final da atividade, o professor José Maria pediu que entregássemos a prova com a respectiva nota e fez um anúncio surpreendente: "Alunos, eu já havia anotado todas as notas na minha caderneta antes de lhes entregar as provas. Às vezes, as oportunidades de enganar podem aparecer, mas honestidade e integridade são valores que sempre devemos seguir. Portanto, se alguém alterou melhorando a própria nota, não se preocupe, nada vai acontecer. Mas o aluno que manteve a nota, ganhará um ponto positivo por sua atitude íntegra e honesta". Ele completou dizendo que o objetivo não era punir nem desmascarar, apenas enaltecer os que praticavam a verdade.

Ao final da aula, procurei o professor e, envergonhado, lhe pedi desculpas por ter aumentado minha nota durante a correção. Ele me olhou profundamente e disse: "Erik, eu tenho certeza de que você não fará isso de novo".

Essa experiência me marcou, ensinando-me não apenas a importância da honestidade, mas também o valor da ética e da integridade em todas as áreas da vida. O professor José Maria, com sua simples estratégia de ensino, me impactou com uma lição inesquecível. Naquele dia, a aula não foi somente de Matemática, mas um ensinamento para a vida.

Claro que a qualidade de uma aula também depende da percepção individual dos alunos. O que é inesquecível para um pode não ser para outro. No entanto, a combinação de paixão, emoção, relevância, envolvimento ativo e abordagem criativa geralmente contribui para aulas inesquecíveis.

Algumas aulas ficam para sempre, alguns dias nunca morrem!

Uma aula humana e inesquecível

Se o professor não entende de pessoas, não entende perfeitamente sobre o ato de ensinar.

Uma aula poderá ser inesquecível se o professor lembrar que ele não é apenas um mediador, um facilitador ou um gestor de conteúdo. Ele precisa ser um gestor de pessoas.

A base de uma aula inesquecível é ser humana, ou seja, aquela que não se resume a números, palavras, textos, substantivos, verbos e adjetivos. É uma aula repleta de interjeição, emoção e, principalmente, em que as pessoas se conectam umas com as outras.

Durante a pandemia de Covid-19, pude acompanhar algumas aulas on-line de casa e ao lado da minha filha. Vi duas atuações bem distintas que evidenciam a diferença entre um professor que foca o conteúdo e uma professora que apresenta uma aula humana, focando as pessoas.

Algumas aulas ficam para sempre, alguns dias nunca morrem!

@erikpennapalestrante

AULA INESQUECÍVEL

Minha filha abriu a câmera em uma terça-feira, às 7h30 da manhã, para assistir à aula on-line do professor de História. Ele iniciou dizendo "bom dia" e logo pediu a todos os alunos que abrissem as câmeras e a apostila na página 72. Foi notório que o professor estava concentrado apenas no conteúdo, correndo pelo material sem se ater aos detalhes, nem nas reações dos alunos. A aula foi marcada pela velocidade e pelo foco exclusivo no assunto a ser explicado. Falou, falou e falou mais ainda, mas não promoveu nenhuma participação dos aprendizes. Ao final, ele se despediu e informou que a próxima aula seria a partir daquela página.

É possível definir essa aula como um "bombardeio" de informações. Em meio a apresentação de tanto conteúdo, confesso que fiquei naquele dia com vontade de perguntar ao colega que ensinava História: ==“Professor, aonde você vai com tanta pressa?”==.

Por outro lado, a aula de quarta-feira começou com a professora de Ciências. A sua fala se destacou pela abordagem humana e acolhedora. Seus olhos buscaram conexão, preocupados genuinamente com o bem-estar dos alunos.

Enquanto o professor seguiu adiante página após página, a professora olhou virtualmente nos olhos de cada aluno, estabelecendo uma atmosfera de proximidade e cuidado. Ela percebeu detalhes que transcendiam os livros e as telas: uma nova tiara na cabeça de uma aluna, um sorriso tímido que buscava ser notado, ou uma expressão preocupada que pedia cuidado.

Enquanto o professor acelerou o conteúdo, a professora investiu tempo para compreender não apenas o que estava sendo ensinado, mas também quem estava ali para aprender. Sua aula foi uma verdadeira experiência humana, na qual o ensino não se restringia aos livros; chegava ao acolhimento e à conexão interpessoal. Essa atitude sensível e atenta ressoou profundamente nos alunos, demonstrando que a verdadeira essência da educação vai além do conteúdo. Essa professora alcançou a vida e o coração dos que estavam ali para aprender.

No livro *Qual é a tua obra?*, Mario Sergio Cortella diz: **"Professor, o que você faz hoje, na sala de aula, é mais do que ensinar a matéria. Você está ajudando a formar pessoas, a construir cidadania"**.[59]

==Um olhar atento ou um abraço acolhedor, às vezes, ensinam mais do que qualquer conteúdo técnico e salva o dia do aluno – assim como o do professor.== Aliás, um olhar atento, uma escuta ativa ou um abraço levam apenas alguns segundos, mas podem ser um milagre na vida do próximo. Vale refletir que **a passagem pela vida do outro pode ser breve, porém muito significativa.** Então, capriche!

A importância do afeto na prática pedagógica

Em novembro de 2023, estive em Campina Grande, na Paraíba, palestrando em um evento educacional com a amiga e mestre em Educação Manu Bezerra. Entre inúmeras falas pertinentes e instigantes, ela disse: "A aprendizagem tem a ver com afeto, e isso é fundamental para se conectar verdadeiramente, ou seja, a mediação do educador e o conteúdo apresentado por ele só fará sentido para o estudante se houver alguma emoção e conexão com a realidade dele".

Augusto Cury, no livro *Pais brilhantes, professores fascinantes,* afirma que ensinar a matéria estimulando a emoção dos

---

[59] CORTELLA, M. S. **Qual é a tua obra?**: inquietações propositivas sobre gestão, liderança e ética. São Paulo: Vozes Nobilis, 2015.

alunos desacelera o pensamento, melhora a concentração e produz um registro privilegiado na mente deles.[60]

Diante desse contexto, as seguintes reflexões se fazem necessárias: a educação do nosso país está indo na direção certa? De fato, estamos criando uma pátria educadora/educada?

Outro dia, meu cunhado me contou que foi levar a filha na escola para o primeiro dia de aula e, na hora da saída, perguntou o que a menina tinha achado da nova professora. A filha, que cursa o Ensino Infantil, respondeu: "Eu até gostei dela, pai, só que ela não me abraçou, aliás, não abraçou ninguém da sala".

Já que comungo de uma gestão democrática e participativa, e sei do fundamental papel do professor na vida de uma criança e do importante envolvimento de toda a comunidade escolar, decidi acompanhar minha sobrinha no dia seguinte. Fui à escola e comentei o ocorrido com a professora e, para minha surpresa, ela respondeu: "Sinto muito se ela gosta de abraços, mas sou paga para alfabetizá-la".

A resposta da professora me trouxe à mente um trecho do livro *Minha nova lei*, de Kledson Leão,[61] no qual ele aborda de maneira notável a aplicação das leis do escotismo em nosso cotidiano. No capítulo 10, o autor destaca a importância de estar sempre alerta para realizar a "boa ação do dia". Ele ressalta que muitas pessoas, de modo equivocado, limitam essa ação a simplesmente ajudar uma pessoa idosa a atravessar a rua. Na realidade, é difícil encontrarmos uma situação assim com frequência. Então, Kledson passa a enfatizar inúmeras oportunidades de fazer o bem, como permitir que alguém passe à frente no trânsito ou na fila do supermercado; ceder o assento no ônibus ou no metrô para alguém mais velho ou para uma criança;

---

[60] CURY, A. **Pais brilhantes, professores fascinantes**. Rio de Janeiro: Sextante, 2018. p. 109.
[61] LEÃO, K. **Minha nova lei**. Taubaté. Kledson Leão, 2022. p. 86.

A passagem pela vida do outro pode ser breve, porém muito significativa.

@erikpennapalestrante

oferecer água ou café a um pedreiro, carteiro ou colega de trabalho; dedicar alguns segundos para ouvir atentamente alguém desabafar ou oferecer um abraço acolhedor. Afinal, uma boa ação pode ser simples para uma pessoa, mas para quem a recebe pode significar um benefício imenso, um verdadeiro milagre ou uma luz no fim do túnel.

Sei que os profissionais da educação merecem ser mais reconhecidos como autoridades e mais valorizados financeiramente – eu sonho com um salário digno para a classe. Mas também sei que, se uma pessoa se dispõe a atuar em uma profissão, deve fazê-lo em sua plenitude. Imagine um bombeiro que, ao ver um incêndio, decide não apagar o fogo apenas porque considera pequeno ou injusto o seu salário.

É preciso se conscientizar de que, enquanto estiver atuando na profissão que escolheu, é necessário dar o seu melhor. Enquanto estiver em sala de aula, dê o máximo de si, não apenas na hora de preencher a lousa. Ofereça o seu melhor como ser humano.

Quem leu *As cinco linguagens do amor*, de Gary Chapman,[62] sabe da vital importância do abraço para um percentual grande de crianças. Com esse gesto, elas enchem seu tanque emocional através da linguagem denominada "contato físico".

Esse assunto me remete também à declaração do psiquiatra chileno Claudio Naranjo, respeitado mundialmente pelos estudos na área educacional, em entrevista à *Época*,[63] ele disse: "Se queremos mudar o mundo, temos de investir em educação [...] Quando há amor na forma de ensinar, o aluno aprende mais facilmente qualquer conteúdo". O profissional defende que precisamos mudar

---

62 CHAPMAN, G. **As cinco linguagens do amor**: como expressar um compromisso de amor a seu cônjuge. São Paulo: Mundo Cristão, 2013.

63 OSHIMA, F. Claudio Naranjo: "A educação atual produz zumbis". **Época, Globo**, 31 maio 2015. Disponível em: https://epoca.globo.com/ideias/noticia/2015/05/claudio-naranjo-educacao-atual-produz-zumbis.html. Acesso em: 2 fev. 2024.

esse modelo de ensino, e que o objetivo é "preparar os professores para que eles se aproximem dos alunos de maneira mais afetiva e amorosa, para que sejam capazes de conduzir as crianças ao desenvolvimento do autoconhecimento, respeitando suas características pessoais".

Adote o afeto em suas práticas pedagógicas. Sem afeto, o processo ensino-aprendizagem fica frágil, e o resultado educacional, comprometido. A didática do amor deve compor qualquer prática pedagógica. Inclusive, Paulo Freire dizia "não se pode falar de educação sem amor".[64]

As cinco linguagens do amor na educação

Apresento em minhas palestras comportamentais a importância da utilização da didática do amor em sala de aula. Mas como os educadores podem empregá-la no âmbito profissional se grande parte deles não a conhece no quesito pessoal? Quando estamos com o tanque cheio de amor em casa, fica mais fácil enfrentar e superar os desafios em nosso trabalho. Afinal, só damos o que temos.

Pensando nisso, divido com você cinco ótimas ferramentas descritas por Gary Chapman.[65] Tal estudo tem mudado para melhor a vida de muitas pessoas, beneficiando o relacionamento conjugal, afetivo e profissional.

Chapman percebeu que cada um de nós adota uma linguagem pela qual damos e recebemos amor. E quando o casal compreende a linguagem predominante de cada um no relacionamento, a conexão se estabelece; a harmonia prevalece; os cônjuges se

---

[64] FREIRE, P. Não se pode falar de educação sem... Paulo Freire. **Pensador**. Disponível em: https://www.pensador.com/frase/MjEyMjc1NQ/. Acesso em: 29 jan. 2024.
[65] CHAPMAN, G. *op. cit.*

sentem amados, aceitos e valorizados; e coisas impressionantes acontecem. Perceba que podemos expressar amor por uma linguagem e dar amor por outra. Então, o autor sugere que, após identificar a própria linguagem do amor e a do outro, a pessoa liste quatro coisas que mais gostaria que lhe fossem feitas e peça ao outro que faça o mesmo. Com isso, perceberão que fazer o próximo feliz e se sentir amado pode ser mais fácil do que parece.

A seguir, apresento a identificação de cada linguagem e alguns exemplos de como aplicá-las na sala de aula para, assim, fortalecer o relacionamento entre professor e aluno.

Palavras de afirmação

Elogios verdadeiros, palavras de admiração pessoal, reconhecimento profissional e frases de encorajamento. O psicanalista francês Jacques Lacan já disse: **"A fonte de todos os desejos do ser humano é o desejo de ser desejado sempre"**. Exemplos de palavras de afirmação: "Sua redação está extraordinária", "Sua ideia é fantástica"; "Seu trabalho ficou sensacional"; "Seu empenho nos estudos é exemplar" etc.

- Elogie o esforço e as conquistas dos alunos;
- Use palavras encorajadoras para motivar e apoiar;
- Forneça feedback construtivo e específico.

Tempo de qualidade

Que sejam cinco minutos, mas que sejam intensos. A pessoa almeja ser ouvida, ficar junto da outra, ter uma conversa de qualidade. Ela deseja que o outro concentre 100% da atenção nela, mesmo que por alguns minutos, e que ele lhe dedique mais tempo para que possam realizar algumas tarefas juntos.

- Dedique tempo para conversas individuais;
- Organize atividades em grupo que promovam interação;
- Esteja presente mentalmente durante as aulas.

Atos de serviços

Valoriza e dá destaque ao servir. **Tem um prazer gigantesco em ajudar o próximo**. Ajudar o colega ou o próprio professor em sala de aula. Recolher os trabalhos, distribuir as provas, escrever na lousa, emprestar um material escolar e auxiliar os colegas durante um trabalho em grupo. São exemplos como esses, ou como o de Jesus quando lavou os pés dos discípulos, que demonstram verdadeiramente que a primeira linguagem de amor dessa pessoa é atos de serviços.

- Demonstre disposição para ajudar os alunos em suas dificuldades acadêmicas;
- Ofereça suporte adicional para os que precisam;
- Esteja disponível para tirar dúvidas e fornecer orientações.

Toque físico

Inúmeras pesquisas na área de desenvolvimento infantil concluíram que bebês que são constantemente levados ao colo e abraçados desenvolvem uma vida emocional mais saudável do que os que não recebem muito contato físico.

O toque físico também é um poderoso veículo de comunicação para transmitir afeto. É preciso tomar muito cuidado e ter muito respeito quando agimos ou tratamos desse tema no ambiente escolar. Mas um abraço, por exemplo, sem malícia, no momento certo e com a devida permissão, é capaz de transmitir apoio, acalento, colo.

- Cumprimente os alunos com um aperto de mão amigável;
- Esteja atento aos sinais de conforto ou desconforto com o toque físico;
- Se apropriado e com a devida permissão, um abraço na hora certa pode transmitir apoio e segurança.

Presentes

Presentes são símbolos visuais do amor, sejam eles comprados ou feitos por você. Afinal antes de comprar ou preparar um presente para alguém, pensamos naquela pessoa. Alguns exemplos: pode ser uma lembrança de 10 reais ou de 1 real, ou até um desenho, ou ainda um bilhetinho escrito à mão com dizeres personalizados.

- Celebre conquistas com recompensas simbólicas;
- Reconheça marcos importantes com gestos significativos;
- Forneça feedback por escrito, destacando conquistas.

Além de tudo isso, é importante reconhecer que cada aluno pode ter uma linguagem do amor predominante diferente. Portanto, é útil observar e interagir com os alunos para entender melhor suas preferências individuais, sem que um se sinta mais amado do que o outro. Adaptar as práticas de ensino de acordo com as linguagens do amor pode contribuir para um ambiente mais acolhedor e promover um relacionamento positivo entre o professor e os alunos.

Sem afeto, o processo ensino-
-aprendizagem fica frágil, e o resultado educacional, comprometido.
A didática do amor deve compor qualquer prática pedagógica.

@erikpennapalestrante

capítulo 7
Professores de bem com a vida

Mensageiro do otimismo e encorajador de sonhos

O professor deve ser um multiplicador do otimismo, um encorajador de sonhos. Nunca se esqueça de que educar tem a ver com ensinar, cuidar, inspirar e transformar vidas.

Talvez o X da questão esteja em descobrir que a caminhada fica mais leve e prazerosa quando se faz o que ama. Há uma frase atribuída ao filósofo chinês Confúcio da qual gosto muito: "Escolhe um trabalho de que gostes, e não terás que trabalhar nem um dia na tua vida".[66] Essa afirmação revela os princípios confucianos de encontrar a realização e a harmonia pessoal por meio do trabalho e da paixão pelo que se faz.

---

[66] ESCOLHE um trabalho que... **Citador**, 2024. Disponível em: https://www.citador.pt/frases/escolhe-um-trabalho-de-que-gostes-e-nao-teras-qu-confucio-9953. Acesso em: 9 jan. 2024.

Quando o profissional atua com o que ama, as dificuldades viram etapas, as agruras transformam-se em desafios e o resultado esperado fica mais próximo. Amigo leitor, entenda: ==lamentar o passado é infértil, então, entregue o seu melhor no presente e construa um futuro diferente!==

Alguns podem perguntar: "Mas como me manter motivado e otimista diante de tantas adversidades no cotidiano escolar?". A resposta é: ser otimista é uma escolha. É uma decisão que todos nós tomamos ao acordar ou chegar ao trabalho. Como bem dito pela escritora estadunidense Gayle Forman: "Às vezes você faz escolhas na vida, e outras, as escolhas vêm até você".[67]

No geral, o brasileiro é um povo otimista – é o que mostra uma pesquisa promovida pelo instituto Ipsos. Entre 36 nações, nosso país lidera o ranking de confiança e otimismo; oito de cada dez entrevistados acreditam que o ano vigente será melhor que o ano anterior.[68]

Além disso, é importante levar em consideração que várias pesquisas apontam os inúmeros benefícios, no âmbito pessoal e no profissional, de ser uma pessoa otimista. Por exemplo, acreditar que coisas boas vão acontecer e que o futuro será favorável faz você viver de 11 a 15% mais do que pessoas menos otimistas, de acordo com um estudo publicado no periódico *Proceedings of the National Academy of Sciences* (PNAS).[69]

Já um estudo feito pela Universidade de Harvard, em parceria com o Hospital Mount Sinai, de Nova York, mostrou que pessoas

---

[67] FORMAN, G. **Se eu ficar**. Ribeirão Preto: Novo Conceito, 2014.

[68] NASSIF, T. Brasil é líder em otimismo entre 36 países, aponta levantamento. **CNN Brasil**, 6 jan. 2023. Disponível em: https://www.cnnbrasil.com.br/economia/brasil-e-lider-em-otimismo-entre-36-paises-aponta-levantamento/. Acesso em: 9 jan. 2024.

[69] PESSOAS otimistas vivem até 15% mais do que o resto da população. **Viva Bem**, 27 ago. 2019. Disponível em: https://www.uol.com.br/vivabem/noticias/redacao/2019/08/27/pessoas-otimistas-vivem-ate-15-mais-do-que-o-resto-da-populacao.htm. Acesso em: 9 jan. 2024.

otimistas têm 35% menos chance de ter problemas cardiovasculares, como infarto ou um acidente vascular cerebral.[70]

Ademais, um estudo descrito do livro *Inteligência emocional*, de Daniel Goleman, e capitaneado pelo psicólogo Martin Seligman, apontou que pessoas otimistas obtiveram um desempenho profissional 37% melhor quando comparadas às com perfil pessimista.[71]

Para ajudar você a encontrar dentro de si e ao redor o otimismo e a positividade necessários para se manter firme e forte mesmo em tempos difíceis, listei a seguir sete dicas.

1. **Separe a vida da situação em que ela se encontra**: por mais difícil que uma situação seja, é motivador saber que provavelmente seja apenas uma fase, um pedaço do caminho, não o percurso todo. Essa sensação nos torna mais resilientes para aguentar firmes os períodos de turbulências.
2. **Enfatize o positivo**: adote o hábito de enfatizar as coisas boas, afinal o que você foca expande. Comece a prestar atenção e procurar algo positivo em toda situação. Estabeleça, por exemplo, a notícia boa do dia: ao começar uma reunião de trabalho ou antes de dormir, combine com a pessoa ao seu lado de cada um contar a ocorrência mais positiva do dia. Quem procura acha, e esse simples hábito de ficar procurando um aspecto positivo cotidianamente servirá de treinamento para construir uma visão mais otimista no dia a dia.

---

[70] PINHEIRO, C. Ser otimista é melhor para a saúde do coração, diz estudo. **Veja Saúde**, 22 out. 2019. Disponível em: https://saude.abril.com.br/mente-saudavel/ser-otimista-e-melhor-para-a-saude-do-coracao-diz-estudo. Acesso em: 9 jan. 2024.

[71] GOLEMAN, D. **Inteligência emocional**: a teoria revolucionário que define o que é ser inteligente. Rio de Janeiro: Objetiva, 2011. p. 169.

3. **Exerça a gratidão**: estudos mostram que pessoas gratas são mais felizes.[72] Lembre-se de que a felicidade está na simplicidade, portanto agradeça pelo ar que respira, pelo alimento, pela saúde, pelo trabalho, pela família e pelo dom da vida. Além de agradecer, habitue-se a elogiar ao menos três pessoas por dia.
4. **Viva um dia de cada vez**: ansiedade é excesso de futuro, então cultive o presente e se esforce para encontrar o que você pode fazer de melhor hoje. Tenha paixão pelo agora e aproveite o tempo para caprichar com uma alimentação saudável, assistir a um bom filme ou ler aquele livro esquecido na gaveta. Revisite os seus "porões" e, a partir deles, construa uma transformação diária impactante.
5. **Pratique atividades físicas**: se exercitar gera inúmeros benefícios para o corpo e a mente. Durante a execução dos exercícios, são liberados hormônios na corrente sanguínea que geram bem-estar, como a endorfina – que atua como um analgésico natural, alivia a dor, controla a ansiedade e reduz o estresse – e a serotonina – que regula o apetite, o humor, o desejo sexual e o sono.[73]
6. **Antecipe suas alegrias**: o que se escolhe pensar determina como escolhe viver, por isso, equilibre suas reflexões e, cada vez que começar a pensar em algo negativo, doutrine-se a voltar o foco àquilo que lhe traz boas lembranças. Mentalize momentos felizes que já viveu ou que vai vivenciar e inunde sua cabeça com essas alegrias.

---

[72] NÃO EXISTE felicidade sem gratidão. **Revista Planeta**, 17 abr. 2022. Disponível em: https://revistaplaneta.com.br/nao-existe-felicidade-sem-gratidao/. Acesso em: 30 jan. 2024.

[73] QUAIS são os hormônios liberados na atividade física? Confira seus efeitos. **Vida Saudável**, 20 jun. 2023. Disponível em: https://vidasaudavel.einstein.br/hormonios-liberados-na-atividade-fisica. Acesso em: 30 jan. 2024.

7. **Celebre as vitórias**: sábio é aquele que não espera perder para só depois dar o devido valor. Então, valorize e celebre cada conquista. Spencer Johnson já escreveu: "É feliz quem valoriza o que tem, é infeliz quem valoriza o que falta".[74] Sim, é permitido almejar melhoras em vários aspectos da vida, no entanto, a base da felicidade consiste em apreciar o que já foi conquistado. Cobre muito de si mesmo e da sua equipe, mas não se esqueça de comemorar e reconhecer quem colaborou, afinal as pessoas gostam de ser elogiadas, percebidas e festejadas.

Então, que tal começar o dia tomando uma dose de vitamina "O" de otimismo? Essa é a proposta de Allan Percy no livro *As vantagens de ser otimista*.[75] O autor defende que ser otimista não significa que não enfrentaremos problemas, mas, sim, que o nosso comportamento será melhor e mais produtivo diante dos obstáculos, o que facilita a resolução de fatos adversos.

Portanto, tome agora uma dose de vitamina "O" e siga em frente, com resiliência e uma motivação nota dez, afinal, a vida é um espelho: simplesmente reflete nossas ações e palavras. Não há como plantar limões e esperar colher morangos. Portanto, lembre-se: a voz que você mais escuta é a sua, então, transborde otimismo!

---

[74] JOHNSON, S. *op. cit.* p. 32.
[75] PERCY, A. **As vantagens de ser otimista**. Rio de Janeiro: Sextante, 2014.

Não há como plantar limões e esperar por morangos.

@erikpennapalestrante

O professor motivado vai além das quatro paredes

O professor moderno precisa pensar para além das quatro paredes da sala de aula. Aliás, pare e pense por alguns instantes: para quantos alunos você consegue dar aula presencialmente? Cem, duzentos, quinhentos, mil, 10 mil? Imagine agora um professor de 2 milhões de alunos.

Esse é o caso de educadores que ensinam pela internet, como o professor Noslen. Ele começou a postar vídeos ensinando Língua Portuguesa de maneira rápida e divertida no YouTube em outubro de 2015 e, em novembro de 2023, contava mais de 4,5 milhões de alunos inscritos. Suas aulas em vídeos já ultrapassaram a marca de 300 milhões de visualizações. A descrição do canal o aponta como o maior do nicho de educação no Brasil e o maior do segmento de ensino de língua portuguesa no mundo.[76]

Em outubro de 2022, eu participei, em Belo Horizonte, do congresso ConheCER – evento realizado pelo Sebrae voltado para gestores e profissionais da educação, e Noslen Borges participou de uma mesa de debates. Quando perguntaram o porquê de ele ter migrado das salas de aula físicas construídas com tijolos para as salas virtuais, ele respondeu algo que ficará gravado em mim para sempre: "O professor precisa ir aonde o aluno está".

Cheguei em casa, comentei esse episódio com a minha filha Mariana e ela me disse: "Pai, eu conheço o canal e todas as vezes que tenho dúvidas, assisto às aulas dele referente àquele tema. Ele é ótimo, ensina bem e ainda é divertido!".

---

[76] CANAL Professor Noslen. **YouTube**. Disponível em: https://www.youtube.com/channel/UCwSxSJqGpSRpEsq5-YUbM8g. Acesso em: 2 fev. 2024.

A voz que você mais escuta é a sua, então, transborde otimismo!

@erikpennapalestrante

E um grande educador não ensina apenas discentes, ele também pode ajudar e inspirar outros agentes da educação. Em outubro de 2021, fui convidado para apresentar a palestra "O dom de motivar na arte de educar" durante a abertura do ano letivo na jornada pedagógica do município de Maria da Fé, no sul de Minas Gerais. Fiz a palestra, um momento incrível. Horas depois, recebi uma mensagem pelo Instagram da professora Ana Maria Rodrigues. Conversando, descobri que ela é uma espetacular profissional da educação, que faz a diferença na vida de tantos professores e gestores escolares que a acompanham. Ela, ao perceber algumas dificuldades desses profissionais, começou, em 2018, a criar e postar vídeos em seu canal do YouTube.[77] Em janeiro de 2024, a plataforma já contava com mais de 1.200 vídeos. Ela também compartilha conteúdos educacionais em seu perfil do Instagram @diaadianaescolaoficial, que é recheado de dicas, respostas para dúvidas e sugestões para tomar decisões importantes na prática pedagógica. Dessa forma, ela não só ajuda os professores que a acompanham, como também colabora para um ambiente escolar mais inspirador, criativo e harmonioso.

Outro exemplo cinematográfico vem dos Estados Unidos: a professora Erin Gruwell tornou-se uma inspiração ao adotar uma abordagem única na Escola Woodrow Wilson, em Long Beach, Califórnia, nos anos 1990. Diante de uma turma diversificada, Erin percebeu os desafios enfrentados pelos alunos e decidiu transformar a vida deles através da educação. Utilizando a simplicidade de diários, encorajou os estudantes a compartilhar experiências, desafios e aspirações, conectando essas narrativas a obras literárias relevantes.

---

[77] CANAL Dia a Dia na Escola. **YouTube**. Disponível em: https://www.youtube.com/@diaadianaescola/featured. Acesso em: 2 fev. 2024.

Essa didática simples, mas poderosa, não apenas melhorou o desempenho acadêmico, como também teve um impacto profundo na vida pessoal dos alunos. Ao explorar temas de tolerância e superação por meio da leitura e da escrita, os estudantes começaram a acreditar no próprio potencial, superando desafios pessoais e desenvolvendo uma compreensão mais profunda do valor da educação.[78]

A história de Erin Gruwell, imortalizada no filme *Escritores da liberdade*,[79] destaca como a paixão por ensinar, aliada a uma didática simples e centrada nos alunos, pode criar uma transformação duradoura, proporcionar conhecimento acadêmico, empoderamento e esperança para o futuro.

---

[78] ESCRITORES da Liberdade: resumo do filme e análise completa. **Cultura Genial**, *[s.d.]*. Disponível em: https://www.culturagenial.com/filme-escritores-da-liberdade/. Acesso em: 30 jan. 2024.

[79] ESCRITORES da liberdade. Direção: Richard LaGravenese. EUA: MTV Films, 2007. Vídeo (122 min).

O que você escolhe pensar determina como escolhe viver.

@erikpennapalestrante

capítulo 8
Uma jornada feliz

Seja rico do que realmente importa

Havia uma rua comum, repleta de movimento, onde os professores Victor e Clara, ambos dedicados ao ensino, mas com diferentes perspectivas, caminhavam após um longo dia de trabalho. Em meio a risadas e conversas, por acaso chutaram uma lâmpada mágica esquecida. Para a surpresa deles, um gênio saiu do objeto e, em agradecimento por ter sido libertado, concedeu um desejo para cada.

Victor sonhava com fama e riqueza. Sem hesitar, pediu para ser o professor mais rico e famoso do mundo. Já Clara, mais sábia, e voltada para questões profundas da vida, escolheu algo diferente... Ela pediu ao gênio a chave para a felicidade.

Com o passar do tempo, Victor alcançou sua ambição. Ele se tornou reconhecido e acumulou riquezas. Porém, por mais incrível que pareça, não encontrou a tão almejada felicidade. Sentia-se constantemente insatisfeito, sempre querendo mais e inquieto em seu sucesso.

Enquanto isso, Clara viveu uma vida simples, sem grande notoriedade ou riqueza material, mas irradiando alegria e contentamento por onde passava. Ela valorizava os momentos simples, cultivava relacionamentos e compartilhava conhecimento com um brilho nos olhos que cativava a todos.

Certo dia, após perceber o descompasso entre sua busca por fama e a insatisfação interior, Victor decidiu se encontrar com Clara. Intrigado com a felicidade duradoura dela, perguntou: "O que você pediu naquele dia para o gênio?". E Clara, com um sorriso sereno, respondeu: "**Pedi para ser FELIZ**. Entendi que a verdadeira riqueza está na satisfação interior, na gratidão pelo presente e na capacidade de encontrar alegria nos pequenos momentos da vida".

Victor, ao ouvir aquilo, percebeu que o maior desejo era justamente o mais simples: a felicidade que ele buscava estava ao alcance das seus escolhas diárias e não no topo da fama e da fortuna. Ser feliz é ser rico, rico daquilo que realmente importa! E, como bem disse Guimarães Rosa, **"o que importa não é a chegada ou a partida, é a travessia"**.[80]

Certa vez, durante a aula, um professor indagou aos alunos: "Qual é o movimento do pêndulo do relógio?". Um estudante prontamente replicou: "Ele vai e volta". Surpreendendo-os, o professor esclareceu: "Na realidade, o pêndulo vai e vai, pois o tempo segue adiante, não retorna. Assim, aproveite cada instante. Viva plenamente o presente e busque a felicidade agora!".

O grande educador é aquele que consegue encontrar alegria na alegria do outro. Esse é o segredo da felicidade e do sucesso educacional.

---

[80] ROSA, J. G. **Grande sertão**: veredas. São Paulo: Companhia das Letras, 2019.

Ser feliz
é ser rico,
rico daquilo
que realmente
importa!

@erikpennapalestrante

Como já disse, o professor é o profissional que forma todos os outros. E eu acredito que a vida de um educador não tem a ver com ser o melhor professor do mundo. Trata-se de dar o seu máximo. O educador que entrega verdadeiramente o seu melhor, mesmo diante de tantos desafios, faz a diferença e marca a vida de muitos alunos. O educador que deixa seu legado vive para sempre!

O professor que realiza milagres

Nossa jornada está chegando ao final. Mas, antes de finalizarmos, considero importante fazermos uma reflexão.

Ao longo deste livro, citei obras e autores relevantes para a nossa jornada como educadores. Reservei, para o final, um *case* do **maior professor que já existiu: Jesus Cristo**. Independentemente de qual seja a sua crença, tenho certeza de que você vai aprender muito com esse exemplo.

Vamos refletir sobre a passagem bíblica que trata do primeiro milagre de Jesus. Esse episódio está narrado apenas no Evangelho de João. Aconteceu quando Jesus estava em Caná, na região da Galileia. Ele e os discípulos tinham sido convidados para um casamento e, em determinado momento, acabou o vinho. Foi então que Jesus realizou seu primeiro milagre: transformar água em vinho (João 2:1-11).

Repare que Jesus poderia ter escolhido qualquer situação para fazer o milagre número 1, que tem uma simbologia bem especial. Mas o primeiro milagre de Jesus não foi ressuscitar um morto nem curar um doente; foi transformar água em vinho. E por que ele transformou água em vinho naquela festa? Para que a festa pudesse continuar, para que a alegria pudesse reinar.

O grande educador é aquele que consegue encontrar alegria na alegria do outro. Esse é o segredo da felicidade e do sucesso educacional.

@erikpennapalestrante

Professor, você pode também realizar um feito tão extraordinário quanto esse, um milagre constante na jornada e na vida de tantos alunos. Como? Sendo um mensageiro da alegria, tanto em casa quanto na escola. **Deixe transbordar não apenas conhecimento, mas também alegria para ensinar e transformar vidas!**

Uma última palavra

Agora, sim, o livro terminou. Eu gostaria de lhe fazer um pedido especial. Se você acha que esse conteúdo pode agradar outros colegas de profissão, tire agora uma foto da capa e poste no grupo de professores com o seu comentário. E, desde já, lhe agradeço imensamente!

Será fantástico também receber uma mensagem sua! Fique à vontade para compartilhar o que aprendeu aqui com amigos e familiares, e até mesmo postar as frases de que mais gostou na internet.

Caso desejar, você pode entrar em contato comigo pelo Instagram, na conta @erikpennapalestrante e, para saber mais, acesse: www.professorerikpenna.com.br.

Agradeço demais a sua confiança até aqui. Foi uma jornada incrível e, juntos, nós começamos a construir o futuro da educação. Agora, está em nossas mãos perpetuar esse conhecimento e propagar em salas de aulas as técnicas 3is, a fim de cultivarmos alunos mais engajados e professores mais motivados. Nós podemos fazer a diferença, ==nós podemos fazer o processo ensino-aprendizagem ser interessante, interativo e inesquecível.==

Receba um caloroso abraço!

Aponte a câmera do seu celular para o QR Code ao lado e acesse o Instagram.

Aponte a câmera do seu celular para o QR Code ao lado e acesse o YouTube.

Aponte a câmera do seu celular para o QR Code ao lado e acesse o site.

Deixe transbordar não apenas conhecimento, mas também alegria para ensinar e transformar vidas!

@erikpennapalestrante

Leituras complementares

ALVES, F. **Gamification**: como criar experiências de aprendizagem engajadoras. São Paulo: DVS, 2015.

ALVES, R. **A grande arte de ser feliz**. São Paulo: Planeta, 2014.

ALVES, R. **A pedagogia dos caracóis**. Rio de Janeiro: Verus, 2010.

ANDRADE, S. **Guia prático de aulas criativa**: para uma gestão de classe que funciona. E-book. Professores Mágicos, 2023.

CARRASCO, W. **Histórias para a sala de aula**: crônicas do cotidiano. São Paulo: Moderna, 2015.

GALLO, C. **TED: falar, convencer, emocionar**: como se apresentar para grandes plateias. São Paulo: Benvirá, 2014.

KARNAL, L. **Conversas com um jovem professor**. São Paulo: Contexto, 2012.

LABROW, M. **Atividades criativas para a sala de aula**. Petrópolis: Vozes, 2011.

MALUF, A. C. M. **Brincadeiras para salas de aula**. Petrópolis: Vozes, 2014.

MIRANDA, S. **Estratégias didáticas para aulas criativas**. Campinas: Papirus, 2016.

PACHECO, J. **Escola da ponte**: formação e transformação da educação. Petrópolis: Vozes, 2014.

SELIGMAN, M. E. P. **Aprenda a ser otimista**: como mudar sua mente e sua vida. Rio de Janeiro: Objetiva, 2019.

WERNECK, H. **Como vencer na vida sendo professor**: depende de você! Petrópolis: Vozes, 2011.

Nós podemos fazer a diferença, nós podemos fazer o processo ensino-aprendizagem ser interessante, interativo e inesquecível!

@erikpennapalestrante

Este livro foi impresso pela **Edições Loyola**
em papel **lux cream 70g** em abril de **2024**.